谋大人
amor27 ——
著

日常烦恼的答案

Together
your hand in my hand

Together
we will make our plans

我们喜欢写信这种方式
希望可以暂时逃离
你一言我一语的浮躁网络环境

认认真真地
坐下来探讨一些事情

—— 谋大人、amor27

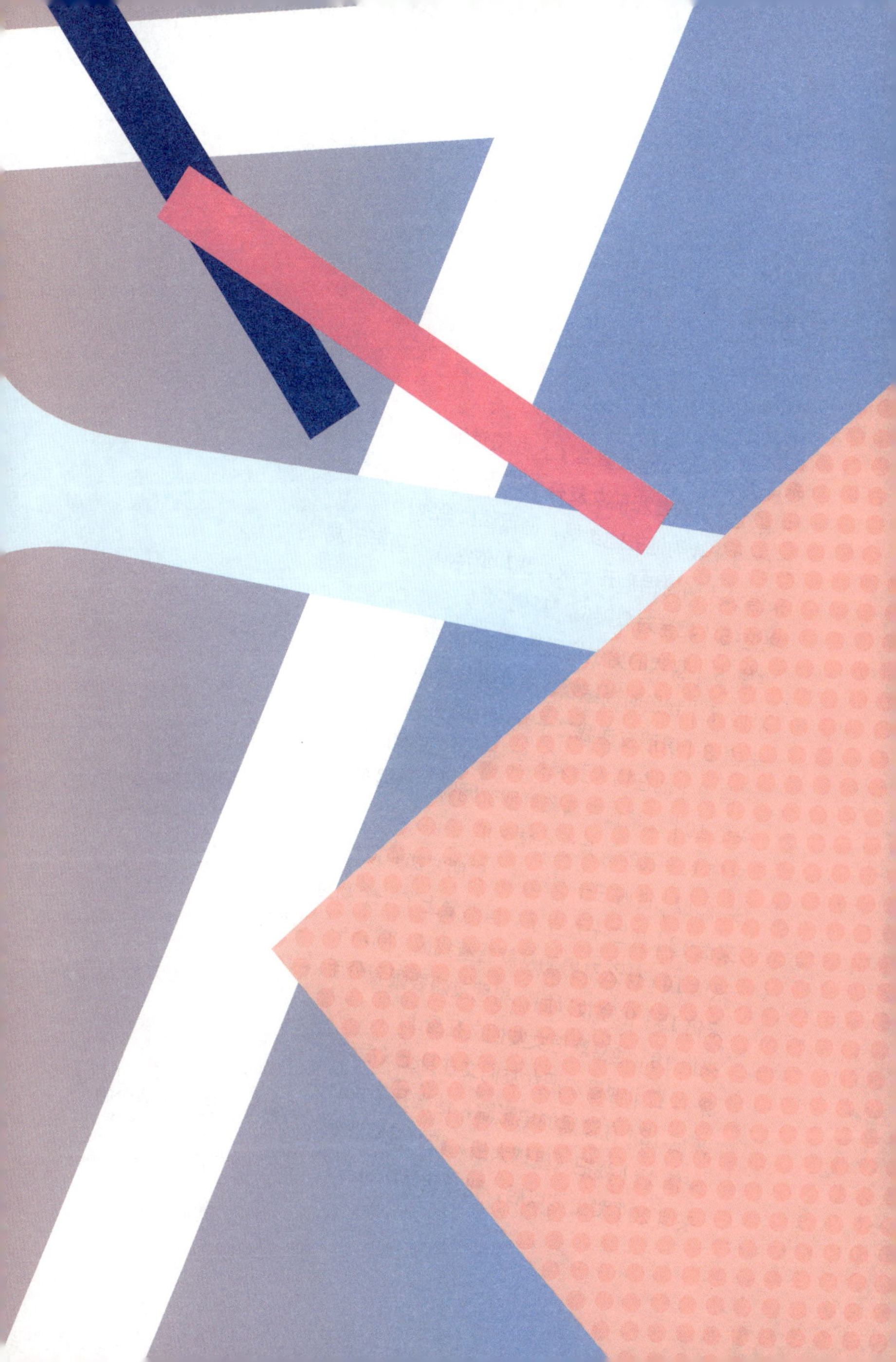

Chapter A
男朋友

对白马王子有期待是可以的,但是,
你不能期待他来拯救你的人生。

来信 1 | 分手之后又复合了,我感觉他是在可怜我 [2]
来信 2 | 男朋友和前女友有个孩子,还纠缠不清 [7]
来信 3 | 我约他去迪士尼,他竟然拒绝我! [15]
来信 4 | 两周相亲五十次,我却依然找不到男朋友 [21]
来信 5 | 相亲对象疑似"基佬" [25]
来信 6 | 喜欢的男生把我拉进了小树林 [30]
来信 7 | 我是时尚编辑,有点嫌弃没品位的男朋友 [34]
来信 8 | 男朋友送我二十九块九的玉 [38]
来信 9 | 他在情人节发我五块二毛钱的红包 [42]
来信 10 | 我装狐狸精和男朋友网聊,他居然上钩了?! [46]
来信 11 | 我的男友是个矮冬瓜 [49]
来信 12 | 说好三十岁结婚,男朋友却要反悔 [53]
来信 13 | 我二十九岁了,居然爱上了一个潮男 [58]
来信 14 | 什么?男朋友就看着我被"咸猪手"占便宜? [62]
来信 15 | 化完妆以后,男朋友想要跟我分手 [68]
来信 16 | 他喜欢把女友们文在身上 [73]
来信 17 | 他喜欢把女友们文在身上(后续) [79]
来信 18 | 在漆黑的电影院,他推开了我的手 [84]
来信 19 | 我把《星球大战》和《星际迷航》弄混了,男友居然不高兴 [90]
来信 20 | 爱上他以后,我无法喜欢别人了 [96]

Chapter B
1+1>2

任何一段关系要长久下去，总是需要相互妥协，相互维持的。

来信 21 | 婆婆总是打听我的薪水 104
来信 22 | 备孕期间染头发，婆婆对我冷暴力 109
来信 23 | 老公在婆婆面前脱得干干净净，你们不觉得奇怪吗？ 114
来信 24 | 我想劈死爸爸的"小三" 118
来信 25 | 我的岳父大人 123
来信 26 | 父亲有"小三"，我该怎么办 130
来信 27 | 老公没有精子，我却想要个孩子 139
来信 28 | 装修新房也要吵架，这日子没法好好过了 145
来信 29 | 新婚备孕中的我，却不想放弃出国读书的梦想 150
来信 30 | 结婚生子之后，我却遇到了他 157
来信 31 | 我还比不上老公的一把吉他 162
来信 32 | 五年了，感情生活如同死水一般 167
来信 33 | 我辛辛苦苦去兼职拉活儿接客，老公却一点都不觉得不妥 171
来信 34 | 老公是不是遇到了"心机婊"？ 177

Chapter C
女朋友

不信任是一段关系的毒药。

来信 35 | 喜欢的女生爱读小黄文,是我小题大做了吗? 186
来信 36 | 我被女朋友"换季换衣橱"的习惯震惊了 190
来信 37 | 不给女朋友买贵的衣服、吃好的餐厅,我就不是一个好男朋友了? 196
来信 38 | 我是女生,喜欢的人是"基佬" 200
来信 39 | 我是女生,喜欢的人是"基佬"(后续) 205
来信 40 | 她说分手的理由,是我不懂她 210
来信 41 | 单身十年只有 gay 蜜,他们是否可以给我真正温暖? 215
来信 42 | 都叫我"女汉子",其实我有点不舒服 221
来信 43 | 这段关系是恋爱?还是所谓细水长流的一生伴侣? 226
来信 44 | 时间久了,人都会变吗? 232
来信 45 | 我们应该怎样在这个将要烂掉的年代,让自己感觉活着 236
来信 46 | 三十二岁了,想要去纽约读艺术 242
来信 47 | 梦是唯一行李,可是怎能不买包? 247
来信 48 | 颜值,颜值,颜值……长得丑怎么办? 250
来信 49 | 我为什么还是单身? 255
来信 50 | 你好,节日情人 259

Chapter D
寻找自己的南瓜马车

愿你早日得爱，在坐上南瓜马车的午夜，
换上童话的玻璃鞋，奔向幸福的疆界。

来信 51｜和上司一起出差去伦敦，可能爱上他了 266
来信 52｜男朋友说嫖娼是工作需要？ 271
来信 53｜如何婉拒客户给我介绍的男朋友 276
来信 54｜总是给笨同事擦屁股的我应该怎么办？ 282
来信 55｜"长得漂亮"就在工作上有优势？不服！ 286
来信 56｜老板娘对我有异议，老板就刁难我 290
来信 57｜有梦想，就抓住每一个此刻 296
来信 58｜新同事老是炫耀自己的"露易丝胃痛"，我要笑死了 301
来信 59｜就因为我年龄小、没结婚、没孩子，替班调岗的都是我？ 305
来信 60｜金字塔尖的就那么几个人，我还要不要坚持？ 310
来信 61｜表面一团和气的同事，其实背地里暗自较量 314
来信 62｜创业公司辛苦一年不发钱，我被坑了？ 318
来信 63｜将来充满未知，我该不该辞职？ 323
来信 64｜公司新来的漂亮小姑娘，我就是莫名地讨厌她 328

目录 contents

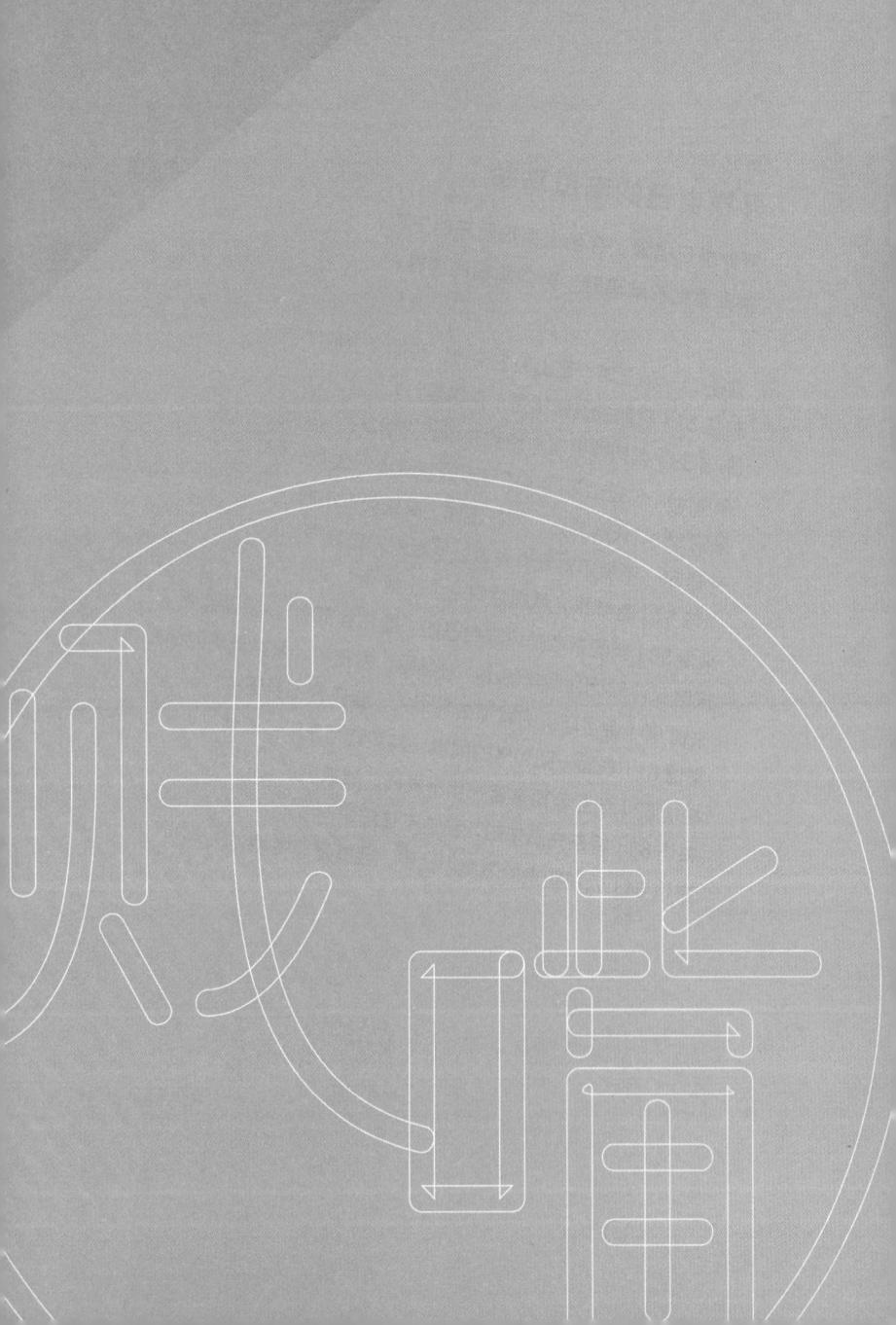

贱嘴

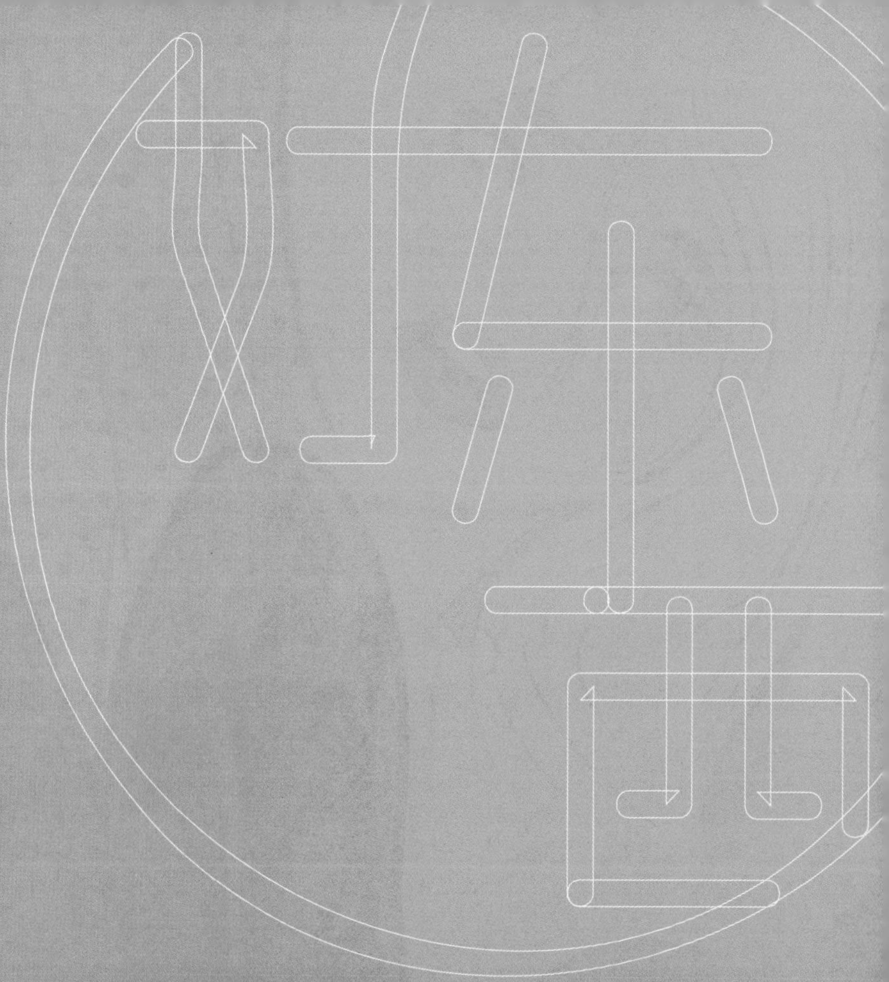

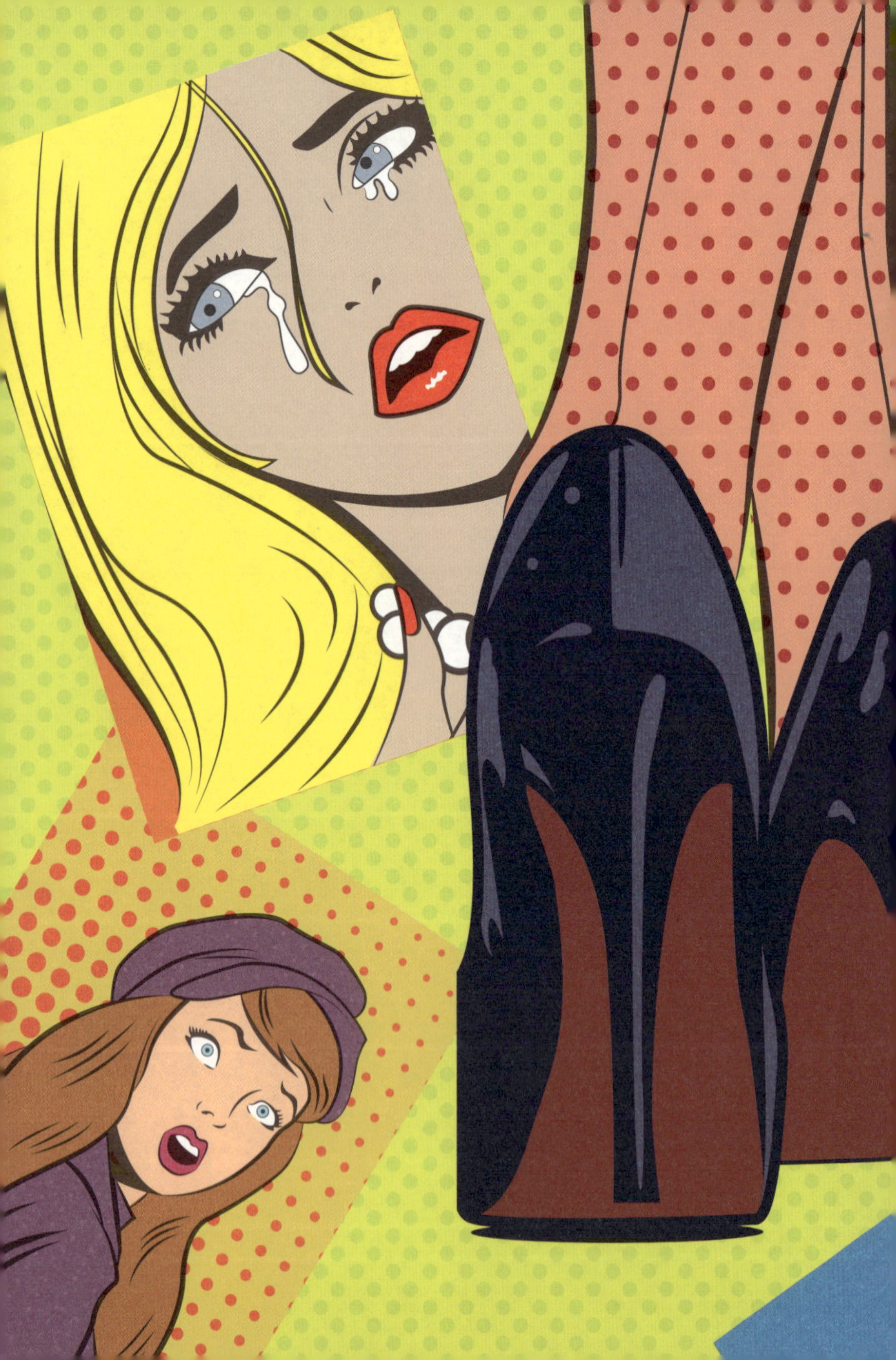

对白马王子有期待
是可以的，

但是，
你不能期待他
来拯救你的人生。

Chapter A
男朋友

来信 1

分手之后又复合了，
我感觉他是在可怜我

谋大人、阿莫好：

　　看了你们前几期的《时间久了，人都会变吗》，我深有同感。我男朋友刚开始和我在一起时，有什么事都会和我商量，现在他连和我借钱时都不告诉我要干吗用，他不上班时跑去和他的男性朋友聊了一天也不愿意说他究竟在干吗等等。

　　他现在在一家管理十分宽松的公司上班，老板很少来，所以他都是睡到自然醒再去，还买了部手提电脑，就这样开始他的网瘾之路！他上班打游戏，下班打游戏，对我关心和呵护都少了，一般都是我主动去他上班的地方找他。

　　他是独生子，他给我的感觉是，现在有得吃有得住还有工资花就满足了，没有上进心。上一年他家买了套新房，他说，他妈妈说，和女朋友真的合适的话，下一年就结婚住进去。结果前几天他就和我提分手了。虽然他和我说他很渣，但我还是很心痛，感觉自己还是喜欢他的。他说他累了，因为我最近一直管他玩游戏，说他没上进心，说他做不到我想要的他。后来他和我说，也有另一个原因是他爸生意出了点问题，准备把新房卖了，他觉得他什么都没有，觉得给不了我幸福。

　　分手后的第二天我就忍不住了，一下班就冲去他们家找他，他在看到我后一脸诧异，然后就开始骂我："下雨呢，你在干吗？"聊天的过程中我一直忍着没哭，很可怜地看着他，他说："你不要让我觉得你可怜，有什么想问的、想说的快说吧，下次不要这样了！"我有很多话到了嘴边又说不出口，没多久就走了。他送我回去，一路上没怎么说话。几个小时后他约我出来见面，我们又莫名其妙地和好了，可是我心里一直想着他说的那句"不要让我觉得你可怜"。他是可怜我吗？我也问过他了，他让我不要这样想，他只是想珍惜一个那么喜欢他的女孩。我以为他会改变，可是他依旧抱着他的游戏过日子。我应该怎么做？

　　文章很长，但是我心里还是有很多说不出的滋味。即使他这样，我也舍不得离开他，我曾经也想过分手，但是当他说出口后，我才知道心很痛的感觉。我是在自欺欺人吗？未来的日子很长，他会变好的，对吗？

谋大人回信

zz：

你们俩根本就没分过手啊，分明就是恋爱中的小男女闹个别扭而已。

你跟他说，如果还想持续这段关系的话，那么就要好好调整一下自己的生活方式，希望看到两人的未来，而不是他沉浸在自己的游戏世界里。而你自己也要学聪明点，别没事就说要分手，男朋友爱玩游戏要分手，男朋友不洗内裤要分手，男朋友不给我买包要分手，这成什么了，过家家吗？

不管是在哪个年龄阶段，恋爱都是一件美好的事情，请认真、严肃地对待，努力让爱情更美好，而不是一不顺心就想分手。

再回到你的问题，即使两人真的分手之后又复合了，其中一方有一种"我被可怜了，所以他（她）才愿意和我复合"的感觉，那么，这种恋爱关系并不是良性的。

好的稳定的恋爱关系里，两人互相欣赏，为彼此做出改变，并且让对方变得更好。

其中一方有"他（她）的生活没我不行"的圣母情结，或者其中有一方让对方产生了圣母情结，这种在一起压根不是恋爱，只是因为没有安全感，想找个爹（妈）而已。一次可怜，两次可怜，可能奏效，复合了，在一起了，但是，久而久之，两人在这样的关系中也会失去心理平衡，被可怜的那一方会在另一方心中变成祥林嫂，遭人厌。

amor27 的一曲河北民歌《小白菜》送给你，希望你不要当爱情中永远被可怜的小白菜。

谋大人

―――――― amor27 回信 ――――――

亲爱的 zz：

虽然谋大人长得丑，人也没什么见识，听音乐听的都是什么河北民歌《小白菜》，但至少这次他没有扯淡。

你们这应该不算是分手吧，应该就是男女相处之中正常的闹情绪。

你的问题，不是是否在自欺欺人，而是你在小题大做，想得太多，但或许爱得又没有那么多。

从你来信之中所描述的来看，其实你和你男友两个人，单独来看都没有什么问题。他整天打游戏，没有什么大的志向，这样追求平淡的男人并不是就不好。而你希望男友上进争气，这样的想法和要求也没有什么不对。

唯一不对的就是，两个原本单独看来没有什么问题的人，错误地组合到了一起。

我一直觉得，无论是谈恋爱还是交朋友，或者一起做公号，最重要的就是两个人的人生观、价值观要一致。

很明显，你和你的男友，对于生活的态度和追求并不相同。你们所规划的未来，显然也不在同一条跑道上。

让你改变，或者让你男友改变，都是不公平的，就看你们之间的感情是否足够深厚到克服这种不公平。

任何一段关系要长久下去，无论是恋爱还是合作，总是需要相互妥协、相互扶持的。

就像谋大人，虽然口口声声对我唱的歌多嫌弃，但其实呢，我想他应该偷偷地去唱过吧，把我唱过的歌都下载下来，反复在听吧。

好了，那下面就在静安嘉里中心的男生厕所为大家带来一首《解脱》。

哈哈，就算是为了满足谋大人，去厕所录歌这种事我还是做不出来。

就算两个人认识那么久，还是有些不想做的事情、不想做的改变，还是没办法。所以，zz，不要总是期望或要求男友为你而做出改变了。

你这样做，真的很容易失去他。到时候，你才真的要哭、要被可怜，可惜那时候，他也不会再回来了。

没唱歌好遗憾的 amor27

来信 2

男朋友和前女友有个孩子，还纠缠不清

二位大人：

终究还是给你们写信了，因为已然撑不下去了。

和男朋友在一起两年半，当年聊天的时候，他提过有一个儿子，但和孩子妈已经没有感情了。天真如我，左耳听了，右耳就出了。当然，后续发展不外乎见面，吃饭，在一起。然后，一直到如今。

讲真，才在一起的时候，我觉得大发了，心想是不是因为上一段太辛苦，老天爷给了我这么个条件不错的男人，英伦病态高寿范儿，外加处女男特质，细心体贴。

而我，一直是一个慢热的人，一开始无所谓，越到后来控制欲越强，大概女人都是这样？

天生的灵敏直觉和对细节的把控能力让我在后来的大半年里通过网上银行转账记录等，捋清了他那略显混乱的关系网：小 A、小 B，还有孩子妈 C。

小Ａ是个村里的姑娘，长相尚可，在有孩子妈Ｃ之前和我男朋友保持肉体关系，当然还伴随金钱关系，男朋友两三个月给她一次生活费。我发现之后，男朋友再也没有给过，但他们偶尔还有联系，小Ａ是个能随叫随到陪他聊天的角色。

小Ｂ是我男朋友某一任女朋友的闺蜜，喜欢上了他。他们有没有发生关系我不知道，这已经不是重点，现在我男朋友依旧每个月都帮她还信用卡。她偶尔给他消息，表达思念之情。我男朋友基本都是礼貌拒绝，但为什么一直帮她还信用卡，我不知道，你们知道吗？

孩子妈Ｃ是一个能力挺强的女人，自个儿开过公司，和我男朋友算是有话聊的那种。我和男朋友才在一起那会儿，他们两个人没有什么联系，除了关于孩子的事情。可是随着后来我们俩吵架越来越频繁，终于在一次爆发之后，他们两个人深刻地聊了一次，我男朋友意识到孩子妈Ｃ的不容易，对她越来越好，孩子妈Ｃ也确定了我的存在，但拒绝接受我们在一起的事实。我想潜意识里她觉得自己还是老大吧，可是既然已经分手，为什么还有这种控制我男朋友情绪和生活的欲望？

而我男朋友对她这种好女人的判断，应该是在暧昧边缘，每次周末他都哄着我回去，然后一大早就去陪他们。因为总是有孩子跟他们在一起。我问为什么，他都说是因为有孩子，而且每周末陪伴内容包括吃饭、逛街、户外洗脚。

如果我表示不开心，立马被他说成不识大体："你的意思是我不能要孩子了？我还不能去陪他了？"并且他们几乎每隔两天就有联系——微信和电话，现在在我看来，60%都是孩子妈自己生活里的事，包括晚上十点把自己在家自饮自酌的照片发给我男友；也包括晚上聊完，孩子妈说睡了，我男朋友问是不是裸睡，虽然孩子妈没有接招。

每每质问，男朋友答："我们现在相处得很融洽，还不能聊天了？"我想，潜意识里他觉得她还是他的女人，对吧，二位大人？

So！写了这么多，我觉得孩子妈C又一次回到了他的心里，而每周末，他除了陪孩子，也想要陪孩子妈，至于他们有没有发生关系，我纠结过，从每次聊到孩子妈C时他脸上的表情和语气来看，我想我是知道答案的，我却拒绝接受这样的答案。

So！二位大人，他和孩子妈C现在是什么情况？我感觉自己已经相当疲惫了，我还要继续这段感情吗？还是让一家三口团圆和美？

已经打字打到吐血的二傻子

--- 谋大人回信 ---

二傻子：

首先，记住，和有孩子的人恋爱、结婚，没有问题。

看得出你的男朋友是一个情圣。"老天爷给了我这么个条件不错的男人，英伦病态高寿范儿，外加处女男特质，细心体贴"，注意，hold 住点，妹子，是高瘦，而不是高寿。而且就来信中看，你男友对 A、B、C 挥金如土说明他的经济状况也不差。

有什么办法呢，这么优质的"直男"，当然受欢迎啊。不可避免，你男朋友的前任们 A、B、C 都会出现在你和你男友的关系里。

但是，既然他已经决定和你在一起，你们就要厘清这些关系对你们的生活会产生什么影响。

对于 A，目前 A 对你们的关系没有什么影响。但是你说"他们偶尔还有联系，小 A 是个能随叫随到陪他聊天的角色"，我不知道这种"随叫随到"是不是发生在你和他恋爱期间，如果是，那么你男朋友所做的就是对你们关系的毁灭性打击。

对于 B，每月帮还信用卡似乎和"男朋友基本都是礼貌拒绝"相互矛盾。首先，我不知道你和你男朋友是否彼此财务独立。如果你们财务独立，他帮谁还信用卡是他的事情。但是如果你们的财务已经当作一个家庭整体在考虑，他在没有你允许的情况下，擅自使用你和他共同的金钱，那么他就是有问题的。

对于孩子和孩子妈C，也是这样的逻辑。你男朋友如果对孩子上心，表明他是一个称职的有责任心的父亲。但是如果他利用孩子来和孩子妈维持暧昧关系，那么他就有问题。

和一个有孩子的人恋爱、结婚，太正常了。如果这个人对孩子有抚养权，你要放下恶后妈（爸）的心态，把对方的孩子当作自己家庭的一部分。如果孩子归另一方抚养，那么这个人给抚养费、每周陪孩子，也是尽到了义务。

但是，对于一个已经离婚的人来说，一般就和前任各自生活了。像你男友那样的，真是少见啊。

那么这个问题就回到了你和你男友的关系本身。

对你们的关系，你和他到底是什么想法？

有一个衡量标准：他是否把你和他的生活当作一个整体来计划和考量。

你说你们在一起两年半，两年半也不短了，你们讨论过婚姻吗？见过双方父母吗？对彼此的朋友是怎么看的？一起计划过未来的生活吗？

我不想说你男友是个渣男，毕竟，像你男友这样高瘦、细心体贴、对女生又大方的男生是受欢迎的，性格中爱拈花惹草，太正常了。

关键是你和他的关系，把注意力拉回到这一点。

你的身上显然有些不同的特质吸引了他，才能当他的正牌女朋友两年半。

那么就好好把你的优点发扬光大,而不是总翻他的老底,纠结于他的 A、B、C。

斩不断的前任,你帮他斩断;厘不清的情感,你帮他厘清。这才是一个正牌女友该做的。

谋大人

amor27 回信

亲爱的二傻子:

每次我都很爱看谋大人回答有关渣男主题的来信,看他如何巧舌如簧却又苍白无力地给渣男洗白。

"有什么办法呢,这么优质的'直男',当然受欢迎啊。不可避免,你男朋友的前任们 A、B、C 都会出现在你和你男友的关系里。

"毕竟,像你男友这样高瘦、细心体贴、对女生又大方的男生是受欢迎的,性格中爱拈花惹草,太正常了。"

这简直和"那个女的穿得太露了,活该地铁上被人摸""柳岩胸那么大,不推她下水推谁啊"一样,是屁话。

无论是像你男友这样高瘦、细心体贴、对女生又大方的男生,还是像谋大人这样矮个子、其貌不扬、生活里又抠门儿的男生,都没有任何借口在一段正常、健康的恋爱关系里拈花惹草，纠缠不清。

二傻子，你首先要问自己的问题是，这一段关系正常吗？

在来信里，你口口声声称对方是男朋友，可是就像谋大人说的，你们讨论过婚姻吗？见过双方父母吗？对彼此的朋友是怎么看的？一起计划过未来的生活吗？

我能看到的只是，你们的后续发展不外乎见面、吃饭、发生关系。

说不准，他只是拿你当"炮友"。这样他有小A、小B、小C，哪怕有小Z的存在，都和你没有半毛钱关系。

而如果你们真的是以男女朋友的身份在交往的话，那么，恕我直言，你们这段关系，并不正常。

而一段不正常的关系中，我们自己也会变得扭曲。

我一度以为自己是一个极度缺乏安全感、多疑又善妒的人，在曾经的一段关系里，我也干过翻看对方手机微信、短信的事情。

当然，我并不以此为荣，更不会像你那样，把这种不正常的行为称作"天生的敏锐直觉和对细节的把控能力"。

但我不得不说，对方频频出轨，屡次被"抓包"，也是造成这种不正常行为的原因。

在这段扭曲的关系里，我自己的心也变得扭曲，总会有稀奇古怪的念头，大概和你现在的心情相同。

对方不回信息的时候，总觉得他是在和别人做爱。

有陌生异性的名字出现，总觉得会是潜在的危机。

正因为不曾拥有得深，才分外害怕会失去。

而这几乎注定会形成一个恶性循环，你抓得越紧，对方越想要逃，然后你会变本加厉，歇斯底里，直到两败俱伤，一拍两散。

那段扭曲、失败的关系之后，我以又一段失败的感情和很长的时间为代价，直到遇到现在这位伴侣，我好像才真正懂得了。

当你处于一段正常、健康的关系里时，两个人保持自然而有所节制的亲密距离，彼此关心，却又不过分紧逼，不须分分秒秒联系，却心中有彼此。

这样的关系，自然而舒服，你会发现，你可以恢复成真正的自己——那个你爱亦值得被别人宠爱的自己。

所以，我给你的建议是，分手吧。虽然谋大人昨天嘲笑我一遇到职场的问题就叫人辞职，但无论辞职还是分手，都是勇敢者的决定，而不是逃避或者苟延残喘。

结束这段关系吧，因为在这段关系里，你已经变得不再是你了。

想和现在好好的 amor27

来信 3

我约他去迪士尼，他竟然拒绝我！

两位：

　　看你们发了好多有关迪士尼乐园开业的，阿莫大人也三天两头地往迪士尼跑，我也想说说迪士尼乐园。

　　今年五月中旬，我刚开始和现在这个男生暧昧。我们是在一个聚会上认识的，当时他要了我的微信，之后的几个周末，约我去 Mr.Beer（对，就是 amor27 经常去的那家）喝了几杯，聊了聊。

　　我真心觉得他挺好的，他的年纪比我大三岁（我今年二十六岁），而且也跟我挺聊得来的，我们都喜欢欧洲小众电影。

　　为什么说迪士尼呢？刚认识那会儿，不是迪士尼乐园炒得沸沸扬扬的吗？我就跟他说，还挺想去看迪士尼乐园开幕烟花的，一定很浪漫。

　　后来我无意中又提了好几次，没想到他居然一点反应都没有，搞得我以为他对我失去兴趣了。

但是好笑的是，他又一直不断约我，然后每次都是喝个酒就完事。他从来不带我回家，也不说来点浪漫的，我就有些莫名其妙了。他到底是不是对我有意思呢？

上周我跟他主动坦白了，我说我不喜欢只去夜店和他喝酒！我想和他一起去迪士尼，在公主城堡下看烟花！你们猜他怎么着？他居然笑了笑，说："我以为你比其他女生好一点，没想到你是万千俗气女生中的一个啊。"然后又说，他一个看欧洲小众电影的人，觉得迪士尼太幼稚了。

我简直被气死了！之后他说要和我去喝酒，我拒绝了一次，说先陪我去迪士尼，我再陪他去喝酒。之后？之后我感觉他对我冷淡了许多。

是不是女生就不该这么主动地表达自己的想法呢？女生主动起来，什么也得不到，一点意义都没有。

Cindy

谋大人回信

Cindy：

别跟我提什么谈恋爱时女生不应该主动，男生应该主动,这些对性别的固有印象真是害死人了。

比如说我,真"直男"一枚,但是迪士尼公主是我的最爱。谁规定女生就不能主动了?谁说真"直男"就不能喜欢迪士尼公主了?

迪士尼动画工作室很早之前的公主形象还是所谓典型的"女性形象",比如白雪公主、睡美人、灰姑娘,都等着被救、被吻醒之类的。但是,之后的公主形象,都在打破女性"在恋爱中就是要温柔啊、可人啊、服从男性啊、等待着被挽救啊"等形象。

比如1992年的动画《阿拉丁》中的茉莉公主,非常聪明、勇敢,是帮阿拉丁粉碎贾方阴谋的公主。

1995年的《风中奇缘》中宝嘉康蒂的形象,则开始引导男主角寻找自我。

1998年的《花木兰》就更不用说了,她基本担当了传统观念中男主角的责任。

而近几年来的《长发公主》《冰雪奇缘》中的公主形象都在摒弃传统观念中大家对女性的偏见。

恕我直言,如果一个男生因为你主动约他去迪士尼,就对你冷淡下来,那么,呵呵,醒醒吧。

这个男生不是你的王子,而是患有"直男癌"的"弱鸡"。

迪士尼动画也好,乐园也好,最吸引我的就是他们传递出的价值观在随着时代的进步而进步。

而你的这个患有"直男癌"的"弱鸡"暧昧对象,别约他去迪士尼了。

万达乐园不幼稚，适合他。

谋大人

--- **amor27 回信** ---

亲爱的 Cindy：

谋大人的反应有些过激了，也许他太经常被别人拒绝了，聊到相关话题，难免会过分激动。

你约他去迪士尼，却被拒绝，这并不代表对方是患有"直男癌"的"弱鸡"，也不代表对方就真的不喜欢你。大概，有下面两种可能性。

你们相识不过一个月的时间，虽然在暧昧中，但是也许在他看来，你们的关系还没有到要相约去迪士尼的程度。

毕竟，一家人可以去迪士尼，三五好友也可以结伴去迪士尼，但是对于在暧昧阶段的男女来说，迪士尼还是一个浪漫的象征，是关系进阶的场合。

不然，陈慧琳当年也不会唱出那一曲浪漫温馨的《他约我去迪士尼》。

他未必不喜欢你，但也绝对没有那么喜欢你，可能他觉得进展太快，还在观望，也许他还在考虑别的可能性。

何况从你的来信中看，你们不过是一起喝过几次酒，聊过几次天，可能言辞中有一些小暧昧罢了。

亲爱的，在当下的都市社会里，那并不代表什么。

但也有可能，他是真的觉得迪士尼幼稚。说真的，我觉得这个原因比前一个的可能性糟多了。

华特·迪士尼先生说过："我要唤起的是这个世界正在泯灭的孩子气的天真。"

虽然不知道这句话是否是杜撰的，但却恰如其分地道出了迪士尼乐园存在的真谛和意义。

感谢这个世界上还有迪士尼，还有迪士尼乐园，让我们可以被唤起已经幸存不多的孩子气、天真和美好。

无论是汇聚了迪士尼几乎全部人气角色的花车巡游，还是奇幻城堡的演出和美轮美奂的烟火表演，抑或《冰雪奇缘》的带动唱演出，都能够唤醒我们每一个人心中或已泯灭，或已深藏的童真。这和"幼稚"可完全是两回事。

所以，亲爱的 Cindy，如果你的暧昧对象发自内心地觉得迪士尼幼稚，而不愿意跟你去，我也是发自内心地，不看好你们这段感情。

一个连迪士尼都不懂得欣赏的人，我真的不太期待，他对于爱情的态度会好到哪里去、对你会怎样珍惜。

因为我会觉得，他是一个不再懂得欣赏和珍惜纯真的人。

这样的暧昧对象，不要也罢，你值得更好的对象，一起去迪士尼，寻回童真，享受刺激。

amor27

来信 4

两周相亲五十次，
我却依然找不到男朋友

两位：

近两周，我相亲了不下五十个男生，依然找不到男朋友！

作为年过三十的女人，是不是越来越难被讨好，然后就彻底单身下去了？

Miss D

谋大人回信

Miss D：

相亲两周，却遇不到自己喜欢的或者能够讨好自己的男生，你问我是不是年纪越大，越难被讨好——对啊，我觉得是这样啊。

年纪越大,的确越难被讨好。但是,年纪越大,你一定越能讨好自己。

比如说这次我坐火车去北极圈,本来可以订一张便宜的票,但是我花了两倍的钱,订了一个带浴室的包间。

所以,年纪越大,一定越能讨好自己,而不是寄希望于被别人讨好。

那么,即使这样,孤独终老又有什么关系?

谋大人

amor27 回信

亲爱的 Miss D:

最近我在追一部日剧,叫《我不是结不了婚,只是不想》,感觉很适合来信中你描述的问题和处境。

中谷美纪,就是演过《被嫌弃的松子的一生》的那一位,饰演女主角,三十九岁,自己经营一家美容院,单身未婚,五年没有交过男朋友了。

似乎她就是你信中所说的年纪大了,越难被讨好,不如就一直单身下去了的情况。

为什么不呢?事业有成,住在高级的公寓,有可爱的宠物和漫画做伴。

我和朋友们都一致认为，与其周旋在不想结婚的初恋、不靠谱的"小鲜肉"和"毒舌"的师傅之中，不如一个人享受独身的好。

是啊，与其勉强接受不合适的对象、不理想的感情，不如接受现实，任由自己越来越难以被讨好，总归有自己可以取悦自己。

但是，我注意到，你在来信中写道，你在两个礼拜的时间里，相亲了不下五十个男生。掐指一算，这几乎是一天四个的节奏。

如此高频率地相亲，我只在刘若英主演的那部《征婚启事》中看到过。

电影里面，刘若英爱上的有妇之夫失踪了一百多天，陷入迷茫和悲痛之中的她，开始以和你相同的节奏，一天见三四个人的相亲之旅。

她在电影里见过形形色色的人：坚持要帮她试穿鞋子的餐厅经理，满口日本Ａ片经的房地产经纪人，女扮男装的，拉皮条的，只是来推销防身器材的。她循例打电话给音讯全无的吴先生，对着答录机留下这样的话："我是不是应该干脆承认，这样是找不到对象的，我只是在转移自己的注意力，转移你带给我的痛苦。"

我不知道，在你开始这一段疯狂相亲之旅前，发生了一些什么，一段失败而又刻骨铭心的感情？来自家庭不可阻挡的压力？或是一些痛苦的回忆？

总之，你一定是因为要逃避或转移一些什么，才会在两个礼拜中间见了五十个男生。

可是亲爱的，这样是没有用的，你不但无法转移你的注意力，而不全情投入的你也无法找到合适的对象。

你不过是在消耗你的时间和精力，说老实话，你并没有太多荒废这两样的资本了。

无论出于什么原因，我想你应该暂时缓一缓你现在有些疯狂的相亲脚步，想一想什么是自己真正想要的。

即便一辈子单身也没有关系啊，但你需要确保的是，你这样的决定完全是出于自己的本心，而不是为了逃避和忘却什么。

当然，亲爱的 Miss D，我衷心祝愿你，还是可以找得到那个对的人。

提醒大家继续看加映场的 amor27

来信 5

相亲对象
疑似"基佬"

亲爱的贱嘴：

　　最早是抱着看一看的态度摸过来，关注了你们的微信公众帐号，后来却不知不觉被吸引了，然后一直关注到现在，已经很久了。看到你们总是能从不同角度、用不同风格，但是同样真心真意地帮大家解决、分析各种各样的问题，感觉特别暖心，也愿意把自己的纠结和秘密告诉你们，寻求帮助或者求拍醒。

　　我的问题比较特殊，应该属于小概率事件了，但是前两天看到了有着差不多情况的姑娘的来信（来信 | 我是女生，喜欢的人是"基佬"），觉得原来我也不是一个人。

　　想说的是去年相亲认识了一个男生，和我一样大。家长也算互相认识，但不是很熟的那种。感觉他的性格、工作、家庭情况都还算比较合适的。刚开始我并没有很用心，一直在淡淡地联系着。我们基本每周都会约见面，他也会隔三岔五送一些给我的、给我爸妈的东西，天气不好也会接我下班。而且他人也比较幽默，交流起来也比较轻松愉快。

大概两个月之后，我准备认真地考虑他，而且他也几次提出让我去他家见见他爸妈什么的，但是这时候看到他在微博上有些异样的表现。

他曾经有意无意地透露过他的微博帐号，我去看，发现涉及好多同人游戏、同人动漫什么的，还有确定是 gay 的好友，还跟一个确定是"小受"的亲密互动过将近一年，有好友说他是"攻"……七夕情人节的时候，我当面翻他手机，发现他跟一个头像就很有 gay 倾向的陌生男互发了自己的照片，还有日常聊天，还问"可以电话吗"（别问我为什么能敏感地觉察到异样，因为我有个从大学一直到现在关系都很好的 gay 蜜）。

简直就是晴天霹雳，我也当面问他了，他说没有什么，就是发个照片，还解释微博的东西是前女友发的（经证实，他确实交往过一个通过游戏认识的比我们小五六岁的女朋友）。我再问多了他就有点生气，说不愿意解释了，说反正我已经认定他是了。我觉得不能接受，持相当的怀疑态度，然后就提了分手。但是分手几个月之后又联系过，他也又送过东西，微信问我要不要考虑复合。但是我内心真的很纠结，一方面觉得如果他不是 gay 就好了，一方面又觉得他铁定是 gay，只是我不愿意接受这个事实……

并且从认识开始大概有半年时间，这段时间我们最亲密的只有牵手，很少拥抱，更没 kiss 过……

现在又出现了靠谱且对我特别好的人，家长也在催结婚……但是我依然忘不掉他，还忍不住拿他出来比较，我都不知道该怎么办了。道理都懂，却依然拦不住自己。好朋友也劝了我八百遍，然而作为一个倔强的金牛座，依然没有彻底走出来，有时候还会想复合，想一探究竟，他到底是不是 gay。

求给个迷途中的指引，或者及时地拍醒我让我悬崖勒马……求抽中啊！拜托拜托！

热切期待回复的铁杆粉

谋大人回信

铁杆粉：

我们身边也有很多"基佬"朋友。"基佬"没什么，隐藏"基佬"也没什么，我们都尊重个人隐私。但是骗婚、骗女孩的爱的"基佬"，绝对不是什么好鸟。

"基佬"恋爱、结婚了，可以对人生有所交代，那么和"基佬"结婚的女孩呢？她们的幸福和性福呢？

简单地说，就是不诚实以及自私。

这是最让人讨厌的。

如果要我对你这个隐藏"基佬"相亲对象说一句话,那么就是:"滚。"

谋大人

--- **amor27 回信** ---

亲爱的铁杆粉:

昨晚在商量如何处理这封来信的时候,我这样对谋大人说:"你需要考虑的是当事人是否是你重要的朋友,发出这一封回信是否会勾起她不愉快的回忆,伤害你们之间的感情。"

这是合理的、长远的考虑。

而与之比较起来,用朋友精彩的故事来获得一篇爆款文章,结果又能如何?你们笑一分钟,我们得意个五分钟。

然后呢,又能怎么样呢?

亲爱的铁杆粉,在你的问题上,同样可以用这种角度来思考。

你现在所贪恋的,不过是他所表现出的温柔体贴,但这只是一时的。然后呢,又能怎么样呢?

让我明白了当地告诉你,普天之下没有一个"直男"会跟另一个男生互换照片和电话,也没有一个"直男"会半年中和女朋友的亲密程度只到牵手。

他不是疑似"基佬",他就是一枚"基佬",而且是"基佬"里最自私、最无耻、最恶心的那一种。

他需要的,不过是一个形婚对象,来对父辈有个交代,为此他不惜对你进行欺骗,将你一世的幸福视为无物。

相信我,他不会给你幸福的,无论是肉体上,还是在生活上。

所以说,除非你像 N 姓女明星一样,致力于成为"同妻专业户",否则请你将他一脚踢开,踢出你的生活。

也很想把谋大人从"贱嘴"这么一脚踢开的 amor27

来信 6

喜欢的男生
把我拉进了小树林

亲爱的贱嘴：

　　我认识一个男生很多年了，但是最近才加了他的微信，两天后，他就跟我说要出去兜风，我觉得没什么，兜风而已呀。我们这么多年来都是在公共场所说说笑笑。

　　第一天晚上出去，他把车开到山里，熄了火，突然拉住我的手，我真是又欣喜又害怕啊！然后他还说要抱抱我，我是想要抱的，但是又担心他会认为我是很肤浅、很随便的女孩。他还亲了我一下。

　　第二次还是兜了一下就开到树林里面，进去熄了火，他就亲我了，其实我好享受他亲我，因为我喜欢他啊！但是我又不敢认真地吻起来，因为男性嘛，一受刺激就会想要的对不对？当时我来"大姨妈"了，我也没告诉他，就一直拒绝他。回家的时候他说我太勉强了，我告诉他我没有呀，是他太急躁了。

好想问你们，他是真的喜欢我吗？还是想要睡了我就完事了？我是想要长期拥有他的，因为他不紧不慢，笑起来很温柔，而且在我看来很可爱！

凯琳琳琳

— **amor27 回信** —

亲爱的凯琳琳琳：

收到你这封来信的时候，正是上海最好的天气。

太阳不大不小，风不徐不疾，温度不高不低，我坐在酒店的露天花园里，在喝一杯冰得刚刚好的霞多丽，我感受到，你的来信当中满溢青涩恋爱的气息。

收到很多来信，有很多负面的烦恼，关于欺骗，关于出柜，关于婆媳，读多了，我难免也跟着阴沉起来。

突然收到你这一封来信，虽然你没有写明，也感觉你应该还在年轻的状态，关于青春岁月的爱情的小烦恼、欲拒还迎的小娇羞，真是有如清风拂面过来，让人感觉清爽。

拉住手，就感觉欣喜又害怕；抱一抱，又害怕对方感觉自己肤浅、随便；不紧不慢，笑起来很温柔，又很可爱。

这简直就是日本纯爱电影的片段啊。

我想说的是，请珍惜眼前这样的单纯和小幸福，因为这是最短暂的，也是最难得的。

要不要和他抱紧、要不要亲吻、什么时候发生关系，在任何一段感情中，这些都没有一定的法则，我也没有办法给你肯定的答案。

我只能告诉你：

想要睡你的人，未必就是想睡睡了事；

不想睡你的人，也未必就会珍惜、呵护你；

临别前不亲吻的，也许将来会有接不完的吻。

你只须确保你们彼此喜欢、彼此在意、彼此关心、彼此陪伴，其他的其实都没有那么重要，就跟随你的感觉，顺其自然就好。

最后，我还想说，你的来信勾起我的少年情怀了，回信过程中，我总是忍不住想起我年少时那些脸红心跳的小片段。

我唱了一首歌送给你，祝愿你和你那个温柔可爱的他，会一直这样美好下去，长期地，彼此拥有。

也想走进小树林的 amor27

---- **谋大人回信** ----

凯琳琳琳：

你的来信中问，他是真的喜欢你吗？说实话，这个问题的答案我不知道。你还问，他是不是想睡了你就完事？这个问题的答案，我也不知道。

那么，我们唯一可以肯定的就是，他想睡你。

但是你要弄清楚几点。

首先，你说"我是想要抱的，但是又担心他会认为我是很肤浅、很随便的女孩"，相信我，想要抱，并不等于随便和肤浅。

如果有人以这样的眼光打量你，那么我想问，当一个很肤浅、很随便的女孩又怎么了？有什么不好？

男生对女生"很肤浅、很随便"的评价，是一个很愚蠢的道德枷锁。

你还要弄清楚第二件事，性和爱可以相互独立存在。

你很喜欢他，可以表现为你想抱他，也可以表现为你想要长期拥有他。

最后你说，"我是想要长期拥有他的，因为他不紧不慢"，你瞎了吗？第一次就带你去小树林还不紧不慢？

谋大人

来信 7

我是时尚编辑，
有点嫌弃没品位的男朋友

亲爱的贱嘴两位大大：

　　我跟你们以前是同行，是时尚媒体的编辑。关注你们挺久了，今天有些小烦恼，想跟你们倾诉一下。

　　我和男朋友在一起半年多了，他是个互联网科技男，挺踏实的，工作也不错，平时除了工作就是在家陪我，一起干活儿、看电视什么的。各方面我确实也没什么可挑剔的，就只有一点。

　　因为是理工男，他一直不太会打扮自己，也没什么追求。现在天气越来越热了，他穿一件脏兮兮的 T 恤就出门了，跟我一起出去也是。

　　我给他买过不少好看的衣服，想改变一下他的穿衣风格，但是他都不穿，还说觉得自己这样简简单单的没什么不好。你知道我们这种时尚行业的，出门聚会还是有点讲究的。

> 我不是在嫌弃他，好吧，是有一点点嫌弃。但是我真的希望他能够哪怕改变那么一点点。
>
> 小美

--- amor27 回信 ---

亲爱的小美：

作为一个前时尚杂志编辑，我想对你这位现时尚杂志编辑讲一句，如果你现在拥有一位男朋友，且各方面条件都还不错，请珍惜。

虽然你可能现在还没有坐到副总监这个位子，但是在这个虚荣浮华又有太多男人女人都来和你竞争的圈子里，能够找到一个工作稳定踏实、除了工作就是陪你的男人，难度基本上等同于，你在 Prada 的媒体内买，厮杀过万千人马最终抢到自己心仪的那只包。

和一个人在一起，更重要的是，两个人的生活态度是否一致，是否会为相同的人生目标而奋斗。

就我所认识的互联网科技男来说，他们都是踏实奋斗的年轻人。

我觉得这样的生活态度才是迷人的啊，是值得与他在一起的品质啊。

至于什么穿衣品位，那真的是太小的一件事了。

在一段关系里，女人总是对改造男人乐此不疲。但你需要记住，凡事适可而止。

等有一天，你对他的改造让他心生厌烦，到时候，宝贝，你就连可改造的人都没有了哦。

请大家记住"山西女子媒矿报"的 amor27

谋大人回信

亲爱的小美：

看着 amor27 的回信，我忍不住想翻个白眼。

小美，你说"你知道我们这种时尚行业的，出门聚会还是有点讲究的"，恕我直言，以我真宇宙大刊的八年从业经验，我认为，大多数时尚记者、时尚博主都不靠谱，尤其是你这种有居高临下的气质、想改造男朋友的时尚编辑。居高临下的气质特别令人讨厌。

你说你男朋友"穿一件脏兮兮的 T 恤就出门了"，作为女朋友，你不把人家脏兮兮的 T 恤洗干净，还在抱怨和看不上人家。

不过，男朋友穿脏兮兮的 T 恤出门，这叫 Normcore，最新潮流。

穿一件简单的 T 恤出去的男生才是最时尚的好吗？你个

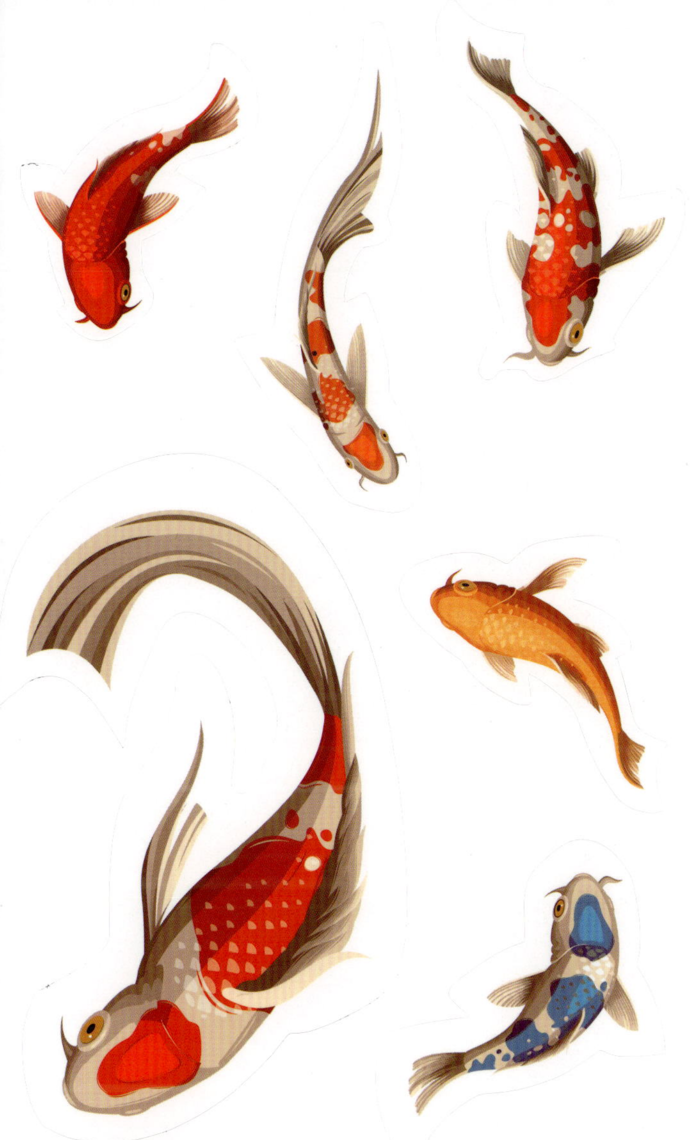

白痴女朋友！

当然，也不是穿所有T恤都是性感男神。比如说，穿卡通T恤出门的男朋友，可以立马扇他两耳光。

穿标语T恤的基本上都是自恋男，也可以踢掉。

金链汉子的这种风格，基本上是脑残，踢走。

太花哨的T恤，呵呵。

那具体什么T恤适合"时尚女的呆萌极客男友"呢？

当当当当，答案来了：白T恤。

其实白T恤不仅适合你的男朋友，也适合任何又懒又蠢的各种男。

如果你的男朋友不爱时尚，只愿意穿T恤出门，你觉得掉价的话，那么，你可以给他好好选几件不错的白T恤，既有品位，又不会让男朋友觉得很难堪。

白T恤看起来简单，其实有很多细节都可以体现品位。当年美籍华裔设计师亚历山大·王的白T恤火到爆，第一，剪裁好，能突显身材；第二，他悄悄地在白T恤的胸前口袋加了一个特别好的小设计，以彰显自己的设计特色。

谋大人

来信 8

男朋友送我
二十九块九的玉

两位：

　　男朋友半年前送了我一块玉，他告诉我挺贵的，虽然我觉得很丑，但一直戴着。今天一时兴起，登他的淘宝发现那块玉只有二十九块九，我们大吵了一架。总之我很伤心，在一起五年了，他的经济能力绝对不是只买得起三十块的东西的。

太阳

谋大人回信

太阳：

年前我们曾经收到一封来信（来信 | 他对我好的程度也

就这么 16G 了），姑娘抱怨说男朋友送给她的礼物太便宜了，为此我骂了那个姑娘一顿，说她虚荣浮华，收礼物还挑三拣四。我本来以为你的情况和她一样，但是仔细琢磨，情况还有点区别。

姑娘，我想你的问题并不在于你男朋友送你一块很丑的玉，而是你的男友对你不真诚。

男生送给女朋友二十九块九的玉，其实没什么，经济能力不只是买得起三十块的东西，也无妨。

最讨厌的是，"他告诉我挺贵的"。

太伤人了。

经济能力不济的话，这种状况我们理解，但是以次充好，来赢取你的好感，这有点像渣男骗真心，还不想付出。

这就跟那个送石头的渣男一样渣。

把玉扯下来，甩到他脸上，然后分手吧，姑娘。

谋大人

amor27 回信

亲爱的太阳：

这还有什么可犹豫、可考虑的呢？

就像谋大人说的那样，把玉扯下来，一把甩到他脸上，分手吧。

那天有一位贵太太朋友问我："你的感情那么失败，总是撑不过三个月，为什么还可以给别人解答情感问题啊？"

可就是因为我失败的经验丰富，见识过各类疑难杂症，才能为别人提供正确、合适的见解参考。

这和久病成良医是同一个道理。失恋多了，自然就成为情感专家了。

如果说过去的失败感情经历教会我什么的话，我想最重要的就是不将就。

你想要三万块的玉，男朋友送你的却只值二十九块九。

喜欢183俱乐部却找了个"地精"男朋友（我并没有讽刺谋大人的意思）。

明明是外貌协会，男朋友的长相却不敢恭维（again，我没有讽刺谋大人的意思）。

以上种种，都是在将就。

很多时候，我们只是单纯为了拥有一段感情，或者为了不让自己一个人，而谈恋爱。

对象的选择，也就没有那么严苛，往往会背弃自己的初衷和喜好。

但这并不代表一时的将就就可以换来一世幸福。

当你对一段感情犹豫不决时，问问自己，在感情中，你最想要得到的是什么、而你现在得到的又是什么。

如果所得非所求，那就请你不要再拖。

勉强说服自己,继续将就下去,也并不会拥有长久的幸福。

希望我们在爱情里面都可以诚实面对自己,不再将就。

想看李荣浩 7 月上海演唱会求陪同的 amor27

来信 9

他在情人节
发我五块二毛钱的红包

亲爱的贱嘴大银：

　　我就开门见山了哈，我同我男友网恋一个月，我二十六岁，他三十岁，彼此性格相投，过年我就跟他回了老家。当然了，这一个月的交往过程中也有些许小摩擦，有些时候是我太作，除了有些许大男子主义，他也算蛮体贴的。

　　可是，就在马上水到渠成，他父母催五一结婚的当下，我要求买个两千块钱的包，他先是吞吞吐吐，答应后又推脱不买，还发脾气说我"就这么计较钱吗"。过年时零红包，情人节发我一个五块二毛钱的红包，我就直接发飙了。（备注：他月薪两万多。）其实他之前就问我爱不爱奢侈品，我回答说一两千的包总不算吧，他直截了当地说"当然不算"。

　　就算他生活相对节俭，他给他家人买的礼物一大堆，给姐姐买单反，为什么我就是被遗弃的冰山一角啊？

百思不得其解的纠结妞

谋大人回信

纠结妞：

　　别百思不得其解了。先问清楚你自己，你找男人，并且和他结婚的目的是什么？是为了让他给你更好的物质生活条件，还是因为你爱他？

　　如果你在乎第一点，那么我告诉你，你找的这个男朋友，和你的价值观不一样，是个抠货，趁早拜拜了。

　　如果你在乎的是第二点，一个两千元钱的包，一个五块二毛钱的红包，算什么啊？自己去买包，找爹妈要红包，这个男人只给你足够的爱就好啦！

　　其实我知道，很多女人并不能很准确地分出自己找男人结婚的目的到底是第一点还是第二点。她们有时候觉得，凭什么呀，老娘嫁的话当然要嫁个老娘又爱又能给老娘买包和发大红包的啊！

　　那你只能蹬了这个男朋友，继续找一找咯。

　　因为，不管你是他女朋友还是他老婆，他给你发大红包还是买一两千元钱的包，全部都是情分，不是本分。

谋大人

amor27 回信

纠结妞：

嗯，很好，今天谋大人总算没有在扯淡，表扬。

我注意到，在来信中，你这样说："就算他生活相对节俭，他给他家人买的礼物一大堆，给姐姐买单反，为什么我就是被遗弃的冰山一角啊？"

姑娘，你这已经就不是"作"了，你是在胡搅蛮缠啊。

别说你们现在还只是网恋一个月的状态，就算你们已经结婚了，跟另一半的家人计较和比对，这毫无意义并且显得你心胸狭窄。

也许你要问，不就几天前而已，另一位姑娘觉得男朋友low（低级）（来信 | 为什么我总是觉得男友low？），为什么到了你这里，同样是"作"，我回信的态度为什么就有了差别待遇？

因为那封来信和我所理解的"作"，更多的是精神层面的一种价值观，是追求一种生活状态和情趣，而不是纠结男朋友为什么不给我买包，男朋友为什么只给我发五块二的红包，男朋友为什么只给家人买礼物不给我买。

亲爱的，你搞错了，你这不是"作"，你这才是 low。

答应我，不要再百思不得其解了，直截了当地跟男朋友分手吧。毕竟单身适龄"直男"现在是稀缺物种，我想一定会有聪明、独立，不需要给她买包和发红包也能开开心心和他在一起的女生来珍惜他的。

突然很想给自己买个包的 amor27

来信 10

我装狐狸精和男朋友网聊，他居然上钩了？！

贱嘴：

　　简单点说，我发现男友活跃于某社交网站并加了几个"约约约"的群，于是我用小号在此网站注册并勾引了自己的男朋友。问题是，他上钩了……他跟我天南地北地聊天，今晚得去赴约，我们说好了一起看电影。

　　我心好痛，并且现在我收拾不了这个烂摊子了，一方面觉得他怎么可以这样对我，另一方面觉得我心理有病，已经病入膏肓了。

　　怎么办，求助大人们，帮我分析分析我男友到底是怎么想的，对我新鲜感没有了出去玩玩还是想分手，还有我是不是有病……

病入膏肓的猴子

―――――――――――― **amor27 回信** ――――――――――――

猴子：

简单点说，你就是有病。

我觉得吧，你跟男友就是臭鱼配烂虾。你疑心病重，他也不值得你信任。

所以，就这样相互折磨、相互凑合下去吧，你俩也别去祸害别人了。

我知道，评论里面一定会有人说，怎么今天阿莫这么简单粗暴，莫非是被谋大人附体了？

此时此刻，我正在拉萨酒店的房间里面，一边吸氧，一边写今天的来信。

你说，我还能有好气吗？能吗？

尤其是在北京身体健康还没事干的谋大人，还给我消极怠工。你说，这还有人性吗？我能不生气吗？我能不愤怒吗？

不说了，我要再去吸两口氧气了。大家帮我一起谴责谋大人。

没想到会有高反的 amor27

―――――――――――― **谋大人回信** ――――――――――――

猴子：

你问我们你是不是有毛病，这是值得肯定的，因为，了

解自己有毛病，是迈向好的方向的第一步。

好了，说回你的问题，你和男朋友之间最大的问题就是互相不信任。

不信任是一段关系的毒药。装狐狸精迷惑男朋友、偷看对方的手机、带着自家的小孩去做亲子鉴定、查私房钱等等，都属于不信任的行为。

你做这些事情之前，就应该想想会出现的后果。现在是他上钩了，你郁闷了。如果他没有上钩，你自己会很满足吗？他知道的话，会怎么想你？

我说过，人对人的爱或者不爱的感觉，其实很容易被感受到。尤其是男女朋友间，没必要用"装狐狸精迷惑男朋友""偷看手机"这些事情来证明对方是否爱你，是否对你忠心。

如果你有这些举动，只能说明：一、你和男朋友都还年轻，不懂得承担后果；二、你对自己、对和男朋友的关系，都没有信心。

我建议你拷问一下自己的内心：一、你爱他吗？二、他爱你吗？三、你们信任彼此吗？

然而事已至此，出现了这种事情，就像镜子被打破了，拼起来也是有裂缝的。如果你不想和他一直过得很失望、很沮丧，那么趁早分手——即使你很爱他。

然后，你要在下一段情感中，多吸点氧，学聪明点。

谋大人

来信 11

我的男友
是个矮冬瓜

两位大人：

  经常看阿莫大人损谋大人个子矮，但是不知道两位大人愿不愿意听高妹倾诉烦恼。

  可能受遗传影响，从小我的身高就在一班人里面很惹眼。我现在到二十八岁，身高170厘米多一点，穿上高跟鞋，就会比很多男生都要高了，不知道是不是因为这一点，我的感情运一直不算太好。

  最近我认识一个男孩，感觉挺不错的，已经开始试着交往，就有一点，他的身高刚刚170厘米，比我还矮那么一点，平时走在马路上，拉手或者他搂着我的时候，都感觉有点怪怪的，感觉路人也会看我们不搭。

  不过其他方面都挺好的啦，就这一点疙瘩在心里头。求两位大人开导我，难道我只能找个篮球运动员吗？

Gigi

amor27 回信

亲爱的 Gigi：

从你的名字看来，相信你也是梁咏琪的粉丝，你应该也听过，她自己填词抒发心声的这首歌：《高妹正传》。

> 你没有六尺高
> 你答应待我好
> 努力也能弥补那点高度

在你的来信中，除了身高这个缺陷，你说男朋友其他方面都不错，虽然没有具体描述，但想来，他应该对你不错，你也是满意的。

那你还要什么呢？

经常收到很多女生的来信，都会说，男朋友各方面都不错，就只有一点不足，让自己对于这段关系心存疑惑。

比如身高不够，比如品位不佳，比如事业不好。

每次我都会说，决定一段恋爱关系是否 work，有太多种因素。如果只因为一点瑕疵就掩盖整块美玉，似乎也有点得不偿失。

更何况，谁规定情侣中的男生就一定要比女生高？

这和"出去约会男生一定要埋单""在家里女生一定要做家务"一样，都是腐朽的既定印象。

作为新时代的女性，你怎么能被这些所束缚呢？

何必在乎那些路人的眼光？毕竟，和你一起生活、一起创造未来的，是他，而不是那些路人甲乙丙丁。

再说了，身高 170 厘米你都嫌弃，那像谋大人这种身高不足 165 厘米的，岂不是要去死了？

并没有要黑谋大人的 amor27

--- **谋大人回信** ---

亲爱的 Gigi：

首先我要严肃地指出来，我的身高的官方数据是 172 厘米！172 厘米！跟 amor27 的体重（千克）是一样的。

我想我们的固定读者一定很熟悉"当年我还在美国做女性权益和性别平等议题的时候"这句话。

在这个议题里，有个很重要的思考。虽然性别平等和女性权益落脚点在女性，很多女性说起来也头头是道，但是，实际上，她们的骨子里还是男尊女卑的那套思想。

你的"男朋友是个矮冬瓜，我比他高，这是一个苦恼"，就是一个典型的例子。

有一年春节回家的时候，我妈带我走亲戚，碰见一位阿姨，阿姨说要给我相亲。然后她一合计："哎呀，大姐，您孩子什么都好，就是这身高不太高。"

讲真啊,我并没有觉得自尊心受到了一万点伤害,但是我国妇女对男性的要求,从身高这一点就可以看出来,间接就把女性的地位放低了。

而且话说回来,我虽然没有175厘米的身高,但是,但是我有四个学士学位和两个硕士学位啊!

谋大人

来信 12

说好三十岁结婚，男朋友却要反悔

贱嘴：

　　三年前，跟男朋友在一起的第一天，他声明他要三十岁结婚，如果我能接受，他就和我在一起，我接受了，于是我们在一起了。今年我们二十九岁，明年就该结婚了，其间也会有一些吵架，他昨天突然告诉我由于近期吵架比较频繁，而他也还没准备好结婚，所以目前更加没有结婚的想法，他觉得明年还是不想结婚。

　　他在不确定自己会不会反悔三十岁结婚的情况下提出了分手，原因是不想耽误了我。结果在我的挽留下，我们终于没有分手，条件是不能再吵架，明年是否结婚待定，再吵一次架就分手……

　　请人生阅历丰富的各位帮忙分析他是什么心理。

　　爱，还在吗？

汪的救兵

―――――― amor27 回信 ――――――

亲爱的汪：

　　我和谋大人有一部共同喜爱的电影，叫作 *He's Just Not That Into You*，译作中文，大概就是"他没那么喜欢你"的意思。

　　他没那么喜欢你，这真是放诸天下可以解决一切问题的答案。

　　他没那么喜欢你，所以会用三十岁结婚来作为拖延的借口。

　　他没那么喜欢你，所以会出现"自己没准备好"这种烂理由。

　　他没那么喜欢你，所以会在约定要结婚前一年跟你分手。

　　他没那么喜欢你，所以不确定他自己会不会反悔。

　　他没那么喜欢你，所以才会说出不想耽误你人生的屁话。

　　早晨起太早，在上海的烟雨迷蒙之中，我喝下一杯冰美式，又读了一遍你的来信，不知道是起床气，还是对于你男朋友的气，一下子升腾起来。

　　亲爱的汪，事到如今你还不明白吗？你的这位男朋友，就是一个不负责任又没担当的"直男癌"啊，而你，不过就是他的"云备胎"啊。

　　和好的条件是不能再吵架，一个男人都能对你讲出这样的话，而你居然还能够忍受。他把结婚当作什么，找工作吗？还来个试用期，到明年一直观望，如果不合格，就随时把你炒掉，简直可笑。

笨女孩，你还没看出来吗？他真的没有那么喜欢你，并没有那么想要跟你结婚，才会说出什么"没有准备好"的烂借口。

这时候，给他一个林志玲或是富家千金，看他要不要马上结婚。

你问我们，爱，还在吗？

亲爱的，我想，你们之间，可能并没有爱存在，连喜欢，他也没有那么彻底。

真正爱一个人，是不会让她悬着一颗心等待的，请记住这一点。

所以我给你的建议是，不要在这个不负责任又不那么喜欢你的男人身上浪费时间了，找个真正爱你的、想要和你结婚的男人吧。

啊，世界上怎么这么多人渣，真的气死我了。

很生气的 amor27

谋大人回信

汪：

别听 amor27 瞎扯淡了。

虽然我很喜欢 *He's Just Not That Into You*，但是别没事找事就把"不跟我结婚"当作"他不爱我"。

"啊，世界上怎么这么多人渣，真的气死我了。"真是笑死我了，这完全是没逻辑啊。"不跟我结婚"不代表就是渣啊。

而且，amor27 说的"这时候，给他一个林志玲或是富家千金，看他要不要马上结婚"，简直就是暴殄天物般不合逻辑。他的意思是因为你穷或者丑，所以男朋友不爱你，而会去爱林志玲或者富家千金，然后结婚？

Holy shit.

话说回来，虽然说婚姻这种事情最好是言出必行，但是，婚姻本身就是生活中的一部分。它很大程度上是和生活中的细节纠结在一起的，比如说吵架，比如说没准备好，比如说工作……

给你举个我自己身上发生的例子。

我和女朋友决定把结婚典礼搞得轰轰烈烈。于是我在美国工作的时候，筹备了一场婚礼。酒店订的是纽约图书馆对面的安达仕——就跟我最喜欢的 *Sex and the City*（欲望都市）一样，日期挑的是新年的 1 月 1 号，一切就绪，就等女朋友来了。

结果，等她来的时候，我才考虑到一个问题。因为我当时在美国工作，每年需要报税，如果我们又在美国结婚，那么我在美国报的税就是家庭税了。当时我女朋友还在中国工作，这意味着，我未来的老婆，既要交中国的税，又要交一部分美国的税。

我毫不犹豫地取消了婚礼。当然，酒店还是要住的哦。

所以女朋友现在还是女朋友，没有变成老婆。她也没觉得有什么大不了。我最喜欢她的一点就是，她从来不会拿这件事情来拷问我到底爱不爱她。

所以，你看，婚姻本身就是和税啊、酒店啊、房子啊这些生活琐碎交织在一起。如果你老是说为了爱才结婚，那你就是个白痴。

而且，婚姻其实就是那么回事。

别因为"婚姻"这个问题，陷入"他爱我，他不爱我"的死胡同。

如果他爱你，你们一辈子不结婚，你也是幸福的。如果他不爱你，结了婚，你也会天天以泪洗面。

啊，世界上怎么这么多蠢女人，真的气死我了。

很生气的谋大人

来信 13

我二十九岁了，居然爱上了一个潮男

贱嘴：

　　我二十九岁，本来以为很难再找到男朋友了，但是前段时间遇到了现在的男朋友。

　　怎么说呢，有点天雷勾动地火的感觉，交往了三个月，各个方面都非常好，只有一点，我实在是觉得有点问题。

　　他今年三十二岁，是一个我们读高中时候见到的那种潮男。我认识他的时候，他染了一头金发，最近跟我说要染一头白发，说那样看起来很潮。他平时戴个大耳机，听hip-hop什么的。更让我接受不了的是，他目前在创业，要出去谈很多项目，但是他从来不穿正装，穿一条宽松的牛仔裤就出门了（谈过几单生意都没谈成，我觉得这和他这种不正经的形象有很大的关系）。

　　前几天我出差回来，他来机场接我，也顺便开车把我同事送回家。结果第二天我同事跟我说，她觉得我的男友看起来跟我儿子一样。

因为这个问题,我和他吵了好多次,他说我小题大做,但是我觉得他实在太幼稚了。我知道我不应在乎别人的想法,但是我是做投行的,公司对个人形象看得很重,我不想同事背地里说我在和一个不成熟的潮男交往什么的风言风语。

不知道怎么办了,你们说呢?

羽玥

---

amor27 回信

亲爱的羽玥:

其实你在来信的第一句,就已经说明了所有问题。

"我二十九岁,本来以为很难再找到男朋友了。"

首先,我不知道你这种自卑又愚蠢的想法来自何方。

二十九岁就很难再找到男朋友了,那我身边那些超过三十岁的女性朋友是不是都该削发出家了?(当然,你们永远十八岁,我爱你们哦。)

能不能找到男朋友、能不能幸福,和年龄并没有关系,重要的是,要遇到对的人。

很显然,你现在这个潮男男友,似乎并不是那个对的人。

从你的来信中不难看出,你有一份严肃的工作,注重个人形象，对于未来应该也有成熟的规划，你所需要与适合的，是一个和你一样对人生有成熟、认真态度的人，两个人能共同进步，共同成长，而不是一个一会儿染着金发，一会儿染着白发，戴着大耳机（此处应有 Beats 植入，谢谢），听着嘻哈音乐，穿着大裤衩子去谈生意的潮男。

亲爱的，你需要的是一个成熟的男人，而非一个还未长大的男孩。

维系你们在一起的，不过是你那个愚蠢的念头："二十九岁了，找不到男朋友"。如果你始终抱着这个念头来谈恋爱，遇到错的人也不放手，相信我，你的结局会很惨。

如果你真的觉得这个潮男并不适合你，不如当机立断，结束这段错误的关系，寻找适合你的、成熟一点的 Mr.Right。

相信我，无论几岁，你都有找到真爱的可能，看看三十八岁的谋大人就知道了啊。

amor27

谋大人回信

羽玥：

我同意 amor27 说的，"二十九岁就很难找到男朋友"这种想法是自卑又愚蠢的，但是他说的剩下的话都是瞎扯淡。

除了"差品位"和"烂炮",真正让人讨厌的事情是贴标签。

比如,男的就应该赚钱养家,女的就应该带孩子,二十九岁就很难找到男朋友,潮男就一定是幼稚货。

活该你二十九岁嫁不出去。

正如男的可以带孩子,女的可以赚钱包养"小白脸",六十九岁可以交男朋友一样,潮男为什么一定是幼稚货?

我们都知道的潮男陈冠希,最近接受了一家媒体的采访,他说:"很多人觉得我现在应该已经离开了,枯萎了,死了,但是我现在比任何时候都更加能够接受我自己,我为此自豪。"

所以,对我而言,不管是不是二十九岁,不管是不是潮男,最重要的是"更加能够接受我自己"。而对于你和潮男的这段关系,衡量的标准是"爱",而不是你如何看待"穿着大裤衩子去谈生意"这件事情。

更何况,谁说潮男不能去谈生意的?

最后我想说的是,你在括号中提及的你的男友的事情,"谈过几单生意都没谈成,我觉得这和他这种不正经的形象有很大的关系",其实这和你本人并没有什么太大的关系。何况,你也不知道他在事业上会不会成功啊!

谋大人

来信 14

什么？
男朋友就看着我被"咸猪手"占便宜？

贱嘴君：

简单粗暴地直接进入话题吧。昨晚在酒吧的时候，我被一个猥琐的男人"吃豆腐"，我的第一反应是恶狠狠地盯住他，很想做点什么，但是考虑到我还扶着一个醉酒的朋友以及我是一个女孩子，我很理性地回到我们的桌子，把这件事告诉了男友，希望他能做点什么。但他表示了震惊，然后……没有然后了，他就把我带离酒吧了。

我觉得非常非常生气，为什么他可以容忍这样的事情发生？在他看来，不要把事情弄大就是最好的结果。一、走过去，质问他们，只要对方不承认就无计可施。二、上去打一架只会把事情弄大。三、报警翻查录像根本不会有什么结果。

可是我心里很憋屈，我觉得，这样做，无疑助长了这些人的歪风邪气，让他们一次又一次地得逞。我恶狠狠地盯住他们的时候,他们还在向我展示胜利的微笑。

我不知道如果你们遭到"咸猪手"的时候,你们本人会怎么做,男朋友应该怎么做才是正确的。

小可怜

谋大人回信

小可怜:

我们曾经回答过一位读者来信,讨论职场上的"咸猪手",《来信 |Stop!来自职场上的"咸猪手"》。但是你的来信是另外一回事。职场上的"咸猪手"和夜店里的"咸猪手"还有一点不一样。

公交车上的"咸猪手"、职场上的"咸猪手",或许都是懦夫,但是,夜店里的"咸猪手",通常都是充满挑衅的招架行为。我认为,你的男朋友带你离开酒吧是非常正确的做法。

你说"我恶狠狠地盯住他们的时候,他们还在向我展示胜利的微笑",这很明显就是充满了挑衅的行为。

你希望你男朋友怎么样做,才不是一个"懦夫"呢?去和"咸猪手"打一架拼个你死我活吗?如果对方是黑社会,带着砍刀来的,怎么办?

他这么做,自然有他的判断。他可能胆小了,有可能就不会打架，有可能知道对方人多势众……总之，带你离开酒吧，在某种程度上保护了你。

你生他的气，其实对他是不公平的，你期待他为你挺身而出，但是不是所有男人都是像谋大人这样胸肌发达，能一呼巴掌放倒全场的。你无形中给了他很大的压力，把你对男性的固有观念强加到了他身上。

你生气还有一个原因，就是他的不作为"无疑助长了这些人的歪风邪气"，但是这个世界就是这样，到处充满着歪风邪气。

你能做的，只是在你力所能及的范围内不去助长歪风邪气，而不是用你的标准去要求你男友或者其他任何一个人去遏制歪风邪气。

我已经回答了你的第二个问题"男朋友应该怎么做才是正确的"，那么下面我们来看看自称"被咸猪手过的"死胖子是怎么回答的。

谋大人

--- **amor27 回信** ---

亲爱的小可怜：

在你的来信和谋大人的回信中，充满了令人失望的错误观念。即便像谋大人这样，去过美国打黑工打了一年，自我感觉充满进步思想的，也纯粹是在扯淡，回答完全不在点上。

首先我要指出，男性和女性一样，都有可能遭遇"咸猪手"，只是比例大小的问题。除非你长得像谋大人那样安全得令人倒胃口，那就另当别论了。

和谋大人一样，我也觉得你对男朋友的期待是不现实的。你要他怎样呢，去揍那个混蛋一顿？很抱歉，"咸猪手"对你造成的侵害结束以后，你男朋友任何的还击行为都不属于正当防卫，如果对"咸猪手"造成不当伤害，甚至要承担法律责任。

我还在北京光华路一家店打拼的时候，有一年夏天早上，我打了一辆黑车去上班，坐在副驾驶座上，司机是一个看起来有点"娘"的中年男人。到达目的地的时候，司机停车，我准备掏钱，没想到司机就把手放在了我穿短裤裸露出来的大腿上。我抬头看了他一眼，司机猥琐地回了我一个微笑，这似乎是所有"咸猪手"的规定表情。

于是我毫不犹豫地把司机放在我大腿上的手一把打走，打开车门，在下车前回头给了他鼻梁一拳。对了，车费我也没有付。

这一系列动作，都属于正当防卫的范畴。但是，如果我哭哭啼啼地跑上楼，找来一帮兄弟，再下来拦住车，把司机打一顿，在法律上可是说不通的哦。

所以，姑娘，与其在事后懊恼，迁怒到男朋友身上，不如在"咸猪手"侵犯你的当下，做出反击。

来信中，你说"考虑到自己是一个女孩子"，这并不能成为你不反击的借口。你这种思想，从某种程度上助长了"咸猪手"们的胆大妄为，他们看准了女孩胆小怕事不敢反击，才会越发肆无忌惮。

21世纪了，姑娘们嘴里整天喊着要平等、要独立、要自强，为什么在遇到"咸猪手"这种最充满性别歧视、最需要拨乱反正的事情的时候，不能够做到独立自强、勇敢反击呢？

相信我，所有的"咸猪手"都是纸老虎，你的一丁点反击都能对他产生巨大的影响，甚至有可能，从此，世界上就少了一个"咸猪手"呢。

当然，考虑到你当时还扶着一个醉酒的朋友，及时反击也许不那么现实。我还有一个建议可以提供给你。

根据我多年混迹夜店的经验，每家酒吧都会有穿着黑色西装的人高马大的负责维持秩序的保安，他们最不愿意看到的就是有人借着酒意行"咸猪手"或者闹事之实。

所以在你遭遇到侵害之后，请直接向保安或者夜店经理投诉，十有八九的情况下，保安会将"咸猪手"那一桌客人请离夜店。

不要问我是怎么知道的，我是不会出卖朋友说出某人因为喝多闹事而被保安丢出酒吧这件糗事的。

所以你男朋友迅速带你离开的做法确实欠妥。在遭遇歪风邪气的时候，的确不应该逃避，而是应该在保护自己的前提之下妥当地反击。

但是，姑娘，我真心建议你，作为一个新时代的女性，还是学会自己处理这些事情吧，最能够依靠、最能够保护你的永远还是自己。

amor27

来信 15

化完妆以后，
男朋友想要跟我分手

亲爱的贱嘴：

今天我和男朋友吵架了。从大学开始到现在，我和男朋友在一起五年了，我们的感情一直很好。他一米八，我一米五五，是传说中的最萌身高差。

上礼拜和几个高中时候的闺蜜聚会，她们都打扮得光鲜靓丽，只有我素面朝天。我大学时候学的是计算机管理，毕业以后在一家 IT 公司工作，一直都没有化妆的习惯，甚至连念头都没有，因为身边人都挺朴素的，男朋友也从来没有要求过我的外表。

但是看着闺蜜们都变得挺美的，我也就心动了。聚会完了，她们陪我去购物中心买了全套的化妆品，并且帮我化了一个美美（我自己这么觉得）的妆，我自己对着镜子时觉得特别满意。

我以为会给男朋友一个惊喜，没想到他看到化了妆的我之后一直不开心,晚上就爆发了。他说我化妆之后完全不是我了,他不喜欢我化妆,还说我以后再化妆就分手。

我们交往这么长时间,他第一次和我提分手。我现在心情很不好,本来我以为自己化完妆能变美,能给他惊喜,他会开心。他以前一直说我难看,脸那么圆,还说以后要生女儿,因为生女儿像爸爸,以后肯定会漂亮,生儿子像妈妈,以后连媳妇都找不到。所以我心里有一点点自卑,我想变得美一点。

没想到他说他以前都是开玩笑的,我现在化了妆,这个样子反而让他很陌生,对我一点也亲切不起来。他还说觉得我变了,开始爱慕虚荣了。

我觉得好像感情要走到了头,很害怕,怎么办啊?

不会化妆的女孩

---

amor27 回信

亲爱的不会化妆的女孩:

我想你们之间的问题在于,在这段感情里面的你一直存在自卑心理,不够自信。

在一起五年,感情一直很好,你们应该早已过了相互依靠外表吸引而在一起的阶段。

更何况，无论从你男友的玩笑之中，还是你自己的描述和判断来看，你所赖以取胜的，恐怕也不是你的外表。

你男友所爱你的，也许是你的温柔，是你的体贴，是你的懂事，或者是你的聪明、你的独立、你的为人处世。

而你现在做的，却是避长扬短，不去保持和发挥你那些性格内在的迷人的特点，却去经营你并不那么擅长的外表方面。

结果，可想而知。

我想，你们之间还没有那么糟糕，毕竟你男友也只是生气时说下次你再化妆就分手。当然，这在原本就存在自卑心理的你看来，天快要塌下来了。

我给你的建议是，用你的言语和行动向男友表示，化妆改变的只是你的外表。

内心里，你依旧是他爱的那个人。

记住，无论是五年前还是现在，他爱的都是你本来的样子，保持住，做自己，就好了。

amor27 说，可惜化妆也拯救不了谋大人

---------------- **谋大人回信** ----------------

不会化妆的女孩：

你的名字和你的来信，都有一种莫名其妙的喜感。

但是哦，虽然署名为"可惜化妆也救不了谋大人"的 amor27 口口声声说什么 Just the way you are，什么做你自己就好，但是我还依稀记得他当年那个小胖子的蠢样，每日奔波于埋线减肥、抠嗓子眼减肥、灌肠减肥。

所以你看，amor27 吃减肥药，我戴牙套，这也不妨碍我们和"小甜心"约会，和别人上床，和心爱的人恋爱，和对的人共度一生。

所以，对于你，一个女孩子，想要化妆，又有什么不可以？

无论是化妆、减肥还是戴牙套，你的出发点都应该是你有权利让自己更美丽。

变得更美，只是为了成为更好的自己，而不是要去取悦谁、讨好谁，即使相处了五百年的男朋友，也不例外。

一个专门教女孩化妆的 APP 小红唇拍了这样一段视频，视频中，女孩们讲道：

"化妆，就是为了让自己看起来更精致。"

"我是不是要把自己的状态调整得更好一点？"

"我在做自己喜欢的事情，我不觉得是在浪费时间和金钱。"

"只有你经历过素颜和化妆这两种状态，你才知道哪种状态是你自己最喜欢的。"

希望这些可以给你帮助和启发。

"他以前一直说我难看，脸那么圆，还说以后要生女儿，因为生女儿像爸爸,以后肯定会漂亮,生儿子像妈妈,以后连媳妇都找不到。"——我要是再听到这种蠢话,真想两耳光扇过去。

你这个"傻缺"男朋友难道不知道,生男生女一个样吗?

谋大人

来信 16

他喜欢
把女友们文在身上

贱嘴：

一直以一位看客的身份关注着你们，并且偶尔会打赏，没想到今天也遇到一个棘手的问题想请教你们。希望我的问题能幸运地被选中回答，因为我真的很需要你们的帮助。是这样的，我认识一个男孩三个月了（现在我们刚好了差不多半个月吧），感觉不错，他说觉得我很特殊，遇到我很幸运，总之是很爱我这一类的话，然后在我俩聊了一个多月的时候（那会儿我俩还没好），男孩做出了一个大胆的举动，把我的一张照片文在了他左小臂内，整整一张照片呀……

紧接着，前几周他又把我的名字拼音字母全文以及我俩的罗马文生日文在了左手腕上，他说他断了自己所有后路，以后再有女孩主动接近他，一看他的手臂，就了然了。我本来是特别开心和感动的，但就在昨天，我俩晚上去咖啡厅，他另外一只胳膊上面文有很多英文，他之前和我说过是歌词

(Nothing's gonna change my love for you),他说他特喜欢这句歌词,我就开玩笑说:"那你有没有文EX(前女友)的名字呀?"谁知道我这么开玩笑的问题竟然让他有些不自然,我心里当时就有特强的第六感,觉得他肯定在掩饰什么,我就要看他的胳膊。他推推搡搡,但最后还是给我看了,果然,在那句歌词下面就是他前女友的名字拼音,下面还有一些话(You are my sunshine什么的这种话)。我当时心就凉了,我说:"你为什么骗我?原来我不是最特殊的人。"他解释,他最多就文过别人的名字字母,但是却把我的整张照片都文在身上了,他心里真的觉得我不一样、很爱我……

我曾经以为他很爱我,他觉得我是唯一,他才会把我的名字刻在身上,可现在看来,我并不是唯一的特殊的人。两位大大,我求求你们帮帮我,我是该相信他是真的爱我还是应该理解成他就是一个博爱多情的人呢?

期盼你们回复的Queena

谋大人回信

Queena:

有些男人就是这样,一旦恋爱,就会作死作活,发毒誓,讲蠢话,做出很多傻事,比如说,把女友名字文在身上。

"他解释，他最多就文过别人的名字字母，但是却把我的整张照片都文在身上了，他心里真的觉得我不一样、很爱我……"

别信那套鬼话，把女友的名字文在身上和把女友的照片文在身上，没有本质区别。

如果你信他说"我爱你更多，我把你的照片都文在身上了"，而"我爱前女友更少，因为我只文了她的名字"，那你就太傻了。

但是，说实话哦，我喜欢这样的人，爱就爱得透彻，爱得疯狂。当然，不后悔就行了。

我有一个好朋友，有一次无意间看到他的小腿上文了他前女友的照片。

"还爱她吗？"我问。

"当然不爱了。"

"那搞这个文身，后悔吗？"

"当然不啊。"

"为什么？"

"因为爱过啊。"

我立即觉得他特别特别酷。

对于你男朋友，我想说的是，我不知道他的年纪多大，如果是年纪轻轻，也许会做一些后悔的事情。但是世界上最没用的就是后悔了，所以不管做了什么，自己有勇气去承担就好了。想想如果以后他和你结婚，小臂上有别人的名字，他要是能说服自己，说服你，那最好。

另外就是，把对方文在身上，也并不能表示爱有多深。爱是一个动词，而不是一个永远摆在那里去欣赏的文身。日常生活中对他（她）好，才是真正的深爱。

对于你，我认为不必太介意，因为爱是当下的动作，男朋友也是当下的名词，文的前女友的名字也好，送给前女友的钻戒也好，都是过去做的，不要因为这些事情而忽略了当下的感情。

谋大人

--- amor27 回信 ---

Queena：

贱嘴经常收到男女之间小情小爱的疑难杂症询问，通常情况下，我会戴着暖男的面具站在女方的那一边。但这一次，很抱歉，我要站在你的对立面了。

我并不觉得你男朋友有什么错。年轻时候，谁不曾每当恋爱时，都死心塌地以为一生只此一次，恨不得心啊、肺啊都掏出来给对方才好，更不用提文身这种小事了。

谋大人在回信里面写："有些男人就是这样，一旦恋爱，就会作死作活，发毒誓，讲蠢话，做出很多傻事。"

我想他一定是年纪大了，忘记了谈恋爱的滋味，也不记得曾经他也是这样的男人。

我记得某一任谋大人的女朋友生日时,谋大人当着我们一众朋友的面,执子之手,一边唱着《真的好想你》,一边哭得稀里哗啦,眼泪鼻涕糊满面。

请大家一面听歌,一面脑补当时那幅画面吧,反正当时在场的我是惊呆了,险些死于尴尬症。

无论现场有多么不堪,我相信当时谋大人一定是动了真情的。只是那又怎样?没过多久,两人还不是不愉快地分手了,最后老死不相往来?

所以当时爱,并不代表时时爱、一世爱。热恋时做的疯狂举动,也并不能代表什么,更没有任何理由影响到以后的关系。

Queena,其实问题出在你自己身上,出在你的恋爱精神洁癖上。

我以前经常讲一句话:大家都是成年人了。这句话同样适合回答你的问题。

大家都是成年人了,我相信这也不是你的第一段恋爱吧。无论爱得深还是爱得浅,凡走过,必留下痕迹。每一段恋爱,每一位前任,一定都会在我们身上留下一些什么,改变一些什么。

文身不过是我们能够看到的最浅显的前任留下的东西,再想一想,也许他的某个生活细节也是因为前女友而养成的,他现在的温柔体贴也是前女友调教的结果。

可那又怎么样呢？你的身上从里到外，难道不也布满了前任们留下的痕迹吗？那是各种各处有形无形的文身。

最后，和谋大人一样，我也觉得你真的不用介意这件事情。说不定你的男朋友只是一个文身狂，说实话，把恋爱对象文在身上，总比谋大人在后背文个国产时装品牌的 logo 要强个一千万倍吧。

此处原有大图，但是谋大人逼我删了。

一直很想去文身但是怕疼的 amor27

来信 17

他喜欢
把女友们文在身上（后续）

亲爱的贱嘴：

我之前给你们写过信（来信 | 他喜欢把女友们文在身上），就是有一个男孩子为了追求我而把我的照片文在了胳膊上，但是他的另外一只胳膊文着以前的女友的名字，所以当时很纠结，不知道他是习惯性这样还是真的喜欢我才会这样。不知道你们还记不记得？看到了你们给我的回复后，我也尝试释怀，并且反思自己是不是真的太揪着过去不放了。

可是就在前两个星期，有一天下午我接到了一个女孩给我打的电话，问我是不是XX（以下简称渣男）的女朋友。我说，是啊，怎么了。对方约我见面细说，我当然不能同意啊，一个陌生来电就约我见面，在经过了长达近一个小时的对话后，对方终于说了出来，她是渣男的合法妻子……你们能体会我当时的心情吗？千万只草泥马在我心里奔腾啊！于是我果断答应了见面请求。经过我俩几个小时的聊天，我得知渣男确实结婚了，并且已经四年了……

我真是遇到极品了，几个月来我一点都没察觉。渣男每天晚上都会给我发微信，而且还是语音，如果我找他，不论多晚他都会在微信里及时给我回复；我们在一起的时候更是在外面唱K通宵，可他一条微信、一个电话都没有，所以我一点都没有察觉到，他还一直跟我说希望我永远不要离开他，他真的特别爱我，对我很不同！

最关键的是，我们有一次出去泡温泉，在外面住了一晚，什么都没发生。他特别尊重我，说以后的路还长，不急于这一时。而且他一直对我非常体贴，酒店晚上没有饭了，大冷天的大晚上出去给我买夜宵，太多这种事情。所以我根本不知道自己被"小三"！

天啊，我真的遇到极品了，当然我们已经没有联系了。贱嘴们，能帮我分析一下这个渣男是什么心理吗？他图什么呀？

期待能遇到好男人的 Queena

amor27 回信

亲爱的 Queena：

我觉得自己欠你一个道歉，请忘掉并且原谅我在上一封信中的分析。同时，我对你的遭遇表示同情并且感同身受，因为我本身也是严重的"被小三"体质。

首先，我觉得你现在的处理方法很好，是的，你就是遇到渣男了，他就是一个渣男，不需要为他开脱，不需要找任何借口，你不和他联系的做法非常正确。

其次，来回答你的问题，渣男到底是什么心理，图的是什么。张爱玲的小说看过吧，渣男与妻子结婚四年，而你是完全新鲜的，尚未得手。所以，你是朱砂痣，妻子是蚊子血；你是床前明月光，妻子是粘在胸前的一粒白米饭。

可是，一旦到手以后，过不了太久，朱砂痣也会变成蚊子血，明月光也会退化成为米饭粒。

看你信中描述的渣男种种温柔体贴行径，只能感叹天下的渣男都是一样手段高明啊，千万不要被其迷惑。

因为今天他的温柔体贴，殊不知是在多少位前任的牺牲下养成的。而明天，又不知这番功夫会花在谁的身上。

所以，就当自己花了点时间当学费，认识了一个极品渣男，拓宽了自己的视野。拍一拍屁股，赶快投入下一段恋爱吧，好男人终究还是能够寻见的。

然后，我们来听听同为渣男的谋大人对这个问题有怎样的见解。

amor27

---- **谋大人回信** ----

亲爱的 Q：

我也要对你说一声抱歉。把女友、前女友还有前前前女友都文在身上的人，想来都应该是真渣男啊！谋大人我居然没有看出来，还苦口婆心地教导你要享受当下的感情。我我我……我应该把自己从马桶里冲掉。

amor27 瞎扯淡的一点是，渣男图床前明月光什么的。张爱玲都来了，还能再做作一点吗？

我向来对已有关系再去主动找第三方感情的人没什么好感。如果是在工作和生活中无意间遇见比现在的这一位还要爱的，那也罢了，但是起码不能欺骗。我觉得，隐瞒自己的婚姻再去交女朋友的男人，基本上都是 loser，在某些地方找不到成就感，就要去骗骗妹子，给自己一个幻觉，以证明自己还是一个有魅力的男人，这就是真 loser。

对于你对他的感情，你就当是被狗吃了。你不用在乎，也不用弄清楚他图什么。你现在要做的，就是切断和这个人的所有联系。如果他再来骚扰你，那就找几个像谋大人这样的猛汉，去威胁一下。然后把自己的能量调正，期待下一份真爱。

最后，请忽略谋大人对《来信 | 他喜欢把女友们文在身上》这一封的回信，我现在要推翻自己：记住，如果他文了无数个前女友的文身，又说你才是真爱，他要把你文在身上，那么他必定是个渣男或 loser。

谋大人

来信 18

在漆黑的电影院，
他推开了我的手

阿莫和谋大：

你们好。

最近认识了一个男孩，各方面条件都挺理想的，很喜欢他，而且感觉得出来，他也喜欢我。不要问我怎么知道的，少女的直觉，懂吗，懂吗？好了，虽然快三十岁了，我也还是有少女的直觉。

但是我们认识有一段时间了，感觉关系一直停滞不前，他每天倒是会在微信里跟我从早到晚问候，也会一起出来吃饭喝酒，但是除此以外，就没有任何恋人之间的亲密举动了。

其实后来我从他的朋友口中知道他对我也有那个意思，但是不知道是哪里出了问题，他一直没有表白，也没有进一步行动。

昨天，我们一起去看电影了，是一部进口动作大片。看到里面有点恐怖的场景，出于女生的本能（当然我也说不清楚里面有没有故意的成分），我一下子自然而然地抓起了他的手。

但是，出乎意料的是，他居然把我的手推开了。

他把我的手推开了。

他，把我的手，推开了。

明显能感觉得出来他当时身体很僵硬、很尴尬，我也快"石化"了，只好默默地把手收了回来，看完电影。

但是回来之后，他依然对我嘘寒问暖。我真的不知道他是怎么想的。大家都是成年人了，都快三十岁了，不是应该按部就班地牵手、接吻、发生关系了吗？老是这么停滞不前的算什么呀？

两位能帮我分析一下吗？

小白

---

amor27 回信

亲爱的小白：

收到你这封来信的时候，上海刚刚被台风绕了一个圈圈而走，我宅在家里看了一部青春片，被电影和你的来信又勾起一些年少心绪来。

我的初恋是在高二那一年，对象是楼下文科班的女生。她有短短的头发、大大的眼睛、不高的身材、沉沉的嗓音。

当时的我，和现在一样爱好写字。所以我把她写在文字里，然后整个年级大概都知道我喜欢她。

而我隐隐约约，从她朋友那里听说，她对我还颇有好感。

但是我们很少交谈，从未独处，只是在课间，我们会倚在教室外的栏杆上，我往下看，她抬起头，我远远地都能看得到她双眼的清澈。

那时候，流行一首歌曲，叫作《明明白白我的心》，成龙和陈淑桦演唱的。

我们之间从未告白，也从没有谈过与爱情有关的任何话题，但那个年代的我们都确信，明明白白彼此的心、彼此的感情。

我们只约会过一次，是在高三那一年的春节，电影院播放成龙的《特务迷城》。我知道她喜欢成龙，也喜欢徐若瑄，我不知道哪里鼓起来的勇气，在前一天晚上，拨通那个默记在心里已经良久的电话号码。

那个小城市只有一家电影院，又是春节的高峰时间，所以我们一前一后，分两排坐着。

我对于那部电影的全部回忆，都来自她在前排的动作和表情。她仰头大笑，是被成龙经典的喜剧桥段逗乐；她低头沉默，是看到徐若瑄扮演的角色死去的感人情节。

电影散场以后,我们依旧一前一后,这样默默地走着。谁都没有说什么,但那时候,我们觉得,那就是永恒,可以一直这样走下去。

所以,亲爱的小白,我想我们年纪相仿,都习惯了按部就班的爱情,暧昧,牵手,接吻,做爱,争吵,分手。

但你是否想过,也许他已经将你当作笃定,认为你俩之间的心明明白白,不需要言语动作来挑明。

你在来信中并没有说明你们认识的时间具体长短。也许,当真爱来临时,我们有些人都比较胆怯,或者自以为是地认为对方都懂,不如,你再给他多一点时间啊。

今天从郭小懒那里学会一个词语,叫作"缓慢而平静的陪伴",嗯,我想与你共勉。

缓慢而平静的 amor27

---**谋大人回信**---

亲爱的小白:

哈哈哈哈哈,还"缓慢而平静",我仿佛看见了一个死胖子找不到爱,缓慢而平静地沮丧的场景。在《来信 | 性生活不和谐的婚姻,我还要不要继续?》这一篇来信中,amor 说她老公是个"基佬",到你这儿,又变成"缓慢而平静的陪伴"了,怎么不说是骗婚的"基佬"了啊?我的合伙

人 amor27 护照上没几个签证，没去过北欧，品位和品味分不清楚，所以没什么见识，那么，我还是要说出这一句喜闻乐见的话：别听他瞎扯淡了。

缓慢而平静的陪伴适合啥事儿都没有的青葱年代，而对于你，生活在大都市的一个快三十岁的女子，适合风风火火地勾搭，风风火火地恋爱，风风火火地结婚生孩子。因为，小白，这个时代是变化的，我们都随着时代的改变去成长。

amor 胖子说的成龙大哥那首《明明白白我的心》，今天也有了加上探戈和流行的新版本。

充满 80 年代情怀的陈淑桦也变成了年轻有趣的魏允熙，复古的编曲也加了当下很多流行元素，连画面都要学"贱嘴和好东西"，弄得绚丽缤纷的。你说，你还缓慢而平静个什么劲儿啊，他摆明了就是说："姐们儿，别自作多情了，我只想和你做朋友。"

"他每天倒是会在微信里跟我从早到晚问候，也会一起出来吃饭喝酒，但是除此以外，就没有任何恋人之间的亲密举动了"，别犯傻了，姑娘。任意两个人之间的任何形式的相互吸引，都会渴望有肢体的亲昵接触。他粗暴地推开你的手，明明白白他的心：你不要再进一步了。

我们曾经回答过一个男生的来信，他很苦恼，说一个姑娘只在节日约自己，他也弄不明白这个姑娘到底是不是喜欢自己。我说，小伙子，你这种状况就是遇到了"节日恋人"，为什么呢？过节的时候，一个人很孤单，所以约你，而一旦再陷入平时繁忙的生活，就忘记了你。

小白，这个男生对于你，也是一样的道理。大都市里，每个人都有寂寞的时候，也许他找你只是为了排解都市里的寂寞，并不是想要一份恋爱。

如果你真的想要一份稳定的、可靠的恋情，那么这个男生并不是你所需要的。止损，知道吗？止损！

但是，我真正想说的是，这个男生和你之间的关系，并没有什么不好。

都市人大多数是孤独和寂寞的，我们需要的不仅仅是爱情，还有这种小打小闹的关系啊。

谋大人

来信 19

我把《星球大战》和《星际迷航》弄混了，男友居然不高兴

贱嘴：

男友是一个死忠"星战"粉丝，对最近要上映的《星球大战》电影很狂热，前几天还拿了一把光剑回来，时不时给我灌输一些绝地武士的信息（当然，我完全不感兴趣，也没有听进去）。

前几天我路过世贸天阶，看见有一个《星球大战》的展览，觉得男朋友应该会感兴趣，就进去看了看（当时也没有给他打电话，因为他要坐班，根本不可能出来和我一起看展览），我还特意给他买了一件 T 恤衫和一个瓦肯人标志什么的。结果晚上拿回去之后，没想到他爆发了。他说那个是《星际迷航》，不是《星球大战》，把我给他买的衣服扔到了沙发上。我非常生气，凭什么扔我买的 T 恤衫！最过分的是，他居然说"这件衣服我永远不会穿的"，我太生气了。不都一回事儿吗？而且我一个外行哪分得清啊。后来他居然继续

数落我，说我完全不关心他，他说的话我一句都听不进去什么的。后来接下来的几天里，他居然都不跟我说话。

平时我也听说过，要尊重男朋友的爱好。我就是很尊重、很在意他的爱好，才会去看《星际迷航》展览！而且平时他踢球、玩游戏的，我也没拦着啊。谁知道他居然这么对我，我觉得太失望了。而且他因为这个事情不跟我说话，太幼稚了。我都怀疑我是不是瞎了眼。

小猪哼哼

谋大人回信

小猪哼哼：

你的这封来信真是太是时候了。我先说一句啊，《星际迷航》50 周年特展就是谋大人目前就职的公司做的。谋大人回复这个问题，和拍老板马屁这种事无缝链接啊。哈哈哈哈……

很多女生会遇到像你这样的事，对于男朋友口中那些自己毫不感兴趣的事情，自己到底应该如何对付。说小了，不就是他的众多屁事中的一桩嘛，自己凑合应付也就过了；但是说大了，闹到你男友居然说你"对他说的话完全不在乎"这个份儿上，什么人生观、价值观不同，也真是不值得。

对于这些事情，来来来，我教你一个绝招，那就是把"男朋友口中那些自己毫不感兴趣的事情"当作一份工作来看。这份工作你必须去完成，否则就没工资（没有男朋友）。

就像老板跟我说让我做《星际迷航》这个展览一样，我也是眼前一黑。什么鬼啊，我对《星际迷航》毫无兴趣好吗？作为"真直"男，我只想做《美少女战士》的展览好吗？

但是你想想，这就是我的工作啊，所以我也要硬着头皮去学 Kirk 船长、进取号、瓦肯人之类的，也真是一点乐趣都没有呢。

你转念想想，你把大标题都弄错，《星球大战》弄成了《星际争霸》，哦，不，《星际迷航》，这就跟我在整新闻稿的时候把 Spock 写成了夜礼服假面一样，谁也救不了你啊。

记住，"男朋友口中那些自己毫不感兴趣的事情"等于"无聊又必须做的工作"，否则，没工资，没饭吃，没男友。

谋大人

--- **amor27 回信** ---

亲爱的小猪哼哼：

身为这两个科幻电影史上最伟大系列的死忠粉丝，在我眼中，"星战""迷航"傻傻分不清楚，的确是一件还蛮让人沮丧、挫败又生气的事情。

男友在你面前提到《星球大战》的时候，你的反应是"完全不感兴趣，也没有听进去"。而当他指出你把《星球大战》和《星际迷航》混为一谈的时候，你的态度是"不都一回事儿吗，而且我一个外行哪分得清啊"。

所以他说你完全不关心他，他说的话你一句都听不进去什么的，也是完全没有说错啊。

我想你的错误在于，你大概以为，《星球大战》不过是你男朋友喜欢的一部或几部电影而已，但却不仅于此。

我记得我第一次看到《星球大战4：新希望》的时候，还是录像带的年代。透过小小的电视机屏幕，乔治·卢卡斯在1977年拍摄的这部电影为我打开了一扇门，把我带到了浩瀚的星际宇宙，如同《教父》《英雄本色》《古惑仔》这些电影一般，成为我成长记忆中的里程碑。

去年年底的时候，我有幸作为国内第一批观众，提前在上海观看了《星球大战：原力觉醒》的首映，这是系列电影的第七部，也是全新故事的开始，却又贴心地照顾老粉丝，让一众经典人物轮番登场。毫不夸张地说，当汉·索罗出现在电影屏幕上的一刹那，我激动地尖叫了一声，然后眼泪就不争气地夺眶而出了。

我想，这种情愫对你而言一定很难理解，但我相信，你男友在看到电影时，也会有相同的反应。看完首映出来的那天晚上，红蓝两把光剑在上海的夜空亮起，抬头看，仿佛我自己的青春岁月也跟着亮了起来。

在两个人相处的生活点滴中，有太多个类似于《星球大战》这样的小细节需要去经营和维系。与其生气地抱怨男友小题大做，不如花点时间补习一下《星球大战》的基础知识，我觉得对于增进你们之间夫妻生活——不，夫妻感情——一定会有帮助的。

亲爱的小猪，相信你一定看过一部美剧叫作《生活大爆炸》，里面金发尤物 Penny 和宅男科学家 Leonard 能够突破学历、职业、社会地位的差异，最终走入婚姻殿堂，除了男方锲而不舍的追求，女方在细微之处的体贴周全也是重要原因。

在这部美剧里，《星球大战》和《星际迷航》是这四位宅男的最爱，除了家中摆放诸如光剑、黑武士面具等周边产品，各种"原力""I'm your father""Live long and prosper"的梗也是层出不穷。

最初，Penny 和你一样，对于他们如此死忠热爱《星球大战》和《星际迷航》也不能理解，但随着她和 Leonard 的感情升温，她会慢慢补课，了解爱人所爱的一切，直到一次不经意间讲出一个《星球大战》的梗，技惊四座。

我想，那一刹那，Leonard 是最幸福的男朋友。

因为他拥有一个理解、尊重他的喜好，并且愿意试着去接受、试着共同去喜欢的女朋友。我想，这才是爱情理想的状态。

而不是像谋大人那样扯淡给的鬼建议，什么当作"无聊又必须做的工作"。

亲爱的小猪，看到这里，你是不是已经觉得要为男友做点什么，来作为对搞混《星球大战》和《星际迷航》的弥补？不久后《星球大战：原力觉醒》就要在中国大陆上映了，作为系列电影的第七部，如果你能提前购买好两张首映的票作为惊喜礼物，又能在观影时间或流露出一丝丝你对于系列电影的了解，我想，你男友一定会欣慰而感动的。

已经迅速回忆串联起六部《星球大战》的 amor27

来信 20

爱上他以后，
我无法喜欢别人了

两位：

你们好。

他是高中时邻班的男生，高，瘦，好看，青春满满的感觉。

那个时候我老是忍不住偷偷看他，只要他发现就会回看，带一点笑，有点好奇、有点开心那种。但是我愚蠢的自尊心一直让我表现得很冷漠。后来我们读了不同的大学，我又出国，就完全没交集了。其间有过六七个男生追我，我都拒绝了，感觉对谁也没有那时候对他的怦然心动了。在"美帝"考试多，打工也累，第一个学期还适应得不好，都是靠想念他振作起来的。他在人人网发布的内容我都会背了。

今年毕业，我知道他跟大学的女朋友一起去北京工作了，非常难过，坐下就没力气站起来，胸口喘不上气的感觉。我常常忍不住想，如果当时高考完，我鼓起勇气跟同学要到他的联系方式,从朋友做起,是不是也有机会同他考到一所学校,谈恋爱,一起工作直到结婚(后来我才知道我俩高考成绩差不多)。我甚至准备延迟出国读研,到北京请找人的机构帮助我查到他的公司,做一个点头之交的同事就很好,这样就能每天看到他了。

我觉得我可能疯了。这样做是不要脸吗?感觉太没出息,愧对爸妈。我该怎么办?这么久了,一直没法喜欢其他人,真的没办法了。

Best Regards

失眠的酸辣土豆丝

---

amor27 回信

亲爱的土豆丝:

在阴天的下午读到你的信,竟有些亲切感。

因为我和你有过类似的经历。

我也曾经喜欢过一个人,长达八年。

中间一度我也以为,从此以后,再也没有办法喜欢上别的人了。

那还是初二时候的事情了。

她念的初中学校翻修,暂时借读在我念的初中。

我到现在都还记得那是一个九月的下午，我经过她的教室窗外。

秋天明晃、温暖又不刺眼的阳光，照射在她脸庞恰好的角度上。

只一眼，就爱上了。

当时那种天雷地火的热烈冲动和笃定，是再不曾感受过的。

可能男生总要比女生勇敢一点。

在暗恋她两年以后，我们考入同一所高中。

经过中间的朋友，我对她表白了。

那是高二那一年的七夕。

我握着一盒当时很流行的水晶之恋果冻，和一件水晶的饰品。

站在她的班级门口，叫她的名字。

她一脸羞怯地站起来，接过礼物。

脸，红得很好看。

但我们最后还是没有在一起。

高三那一年，她选择了同班一个满脸青春痘的男生。

后来他们去了同一座城市，读书，结婚，生子。

在大学的最初几年，我依然沉浸在这段没有发芽便夭折的感情里头，总是回忆起她掌心和拥抱的温度。

一度，我也以为，自己这辈子没有办法再喜欢上别人了。

直到大三的那年夏天。

回乡的我，在街头偶遇她。

在摇曳的路灯下头，发现她胖了，变得平凡了。

我终于发现，我一直爱上的，是初二那个九月下午她侧脸被阳光照耀的角度，而不是现实中受到时间侵蚀与摧残的她。

很快，我放下了，然后谈了一段恋爱。

李碧华在《青蛇》当中写到，每个女人生命中都会有个法海，是用尽千方百计博他偶一欢心的金漆神像，生世为候他稍假辞色，仰之弥高。

这句话其实放诸男男女女的感情都适用。

在我们年少青春时，总会爱上自己亲手放上神坛的偶像，觉得除了爱神，世人再无可恋。

直到世间最煞人的武器——时间，打破这偶像，让我们看到，当初爱上的，也不过是一尊木雕泥塑。

因为和你有过类似经历，我知道，于此时的你，任何规劝都是无用。

幸好从你高中喜欢到现在，算算时间也差不多，你只需要再耐心一点，就可以自己看破，自行解脱了。

到那时候，也无须为偶像破灭彷徨沮丧。

赶紧拍拍屁股，争分夺秒地投入新恋爱中才是正经事。

同样期待争分夺秒新恋爱的 amor27

谋大人回信

失眠的酸辣土豆丝：

你好，我是谋大人。

我看过你的来信和 amor27 给你的回复之后，一股怒火油然而生。

这个蠢货真是够了！

"脸，红得很好看"和"见到世间大美"这种话出现在这里，我简直忍无可忍。于是今天决定排开其他的计划，来跟你说一说你应该怎么办。

首先，单恋发生在青春期很美好，但是如果持续太长时间并且难以自拔，是非常病态的。

处理这件事情的方法有很多种。

amor27 教给你的，可能是"好吧，那仅仅是一段青春期的情感，放下吧，你还有新的恋情，世间还有大爱"。

我只想说，你现在要做的就是，立即买一张机票，或者找一个回国的机会，找到他，然后跟他说，你是他的邻班同学，你有些事情想跟他说。

你把他约出来，告诉他你对他的这份情感。

他说："其实，我也喜欢你很久了，也一直想找到你。我现在的女朋友，完全是被家里人逼的，我完全不爱她。既然你出现了，那么我也有勇气了断过去，一起和你向前走。"

Perfect.

然后记得写信来，问谋大人如何对付现任男友的前女友。

　　或者，他说："哦，原来是这样啊。我很感激你对我的情感，但是我现在已经有稳定的家庭了。"然后拿出他女优——哦，不，女友——的照片给你看。

　　那一刹那，你长吁一口气："好的，我明白了。"

　　是的，只有在那一刻，你才能真正地放下。这未尝不是一个很好的结局。

　　跟你说"每个女人生命中都会有个法海"的，跟你说"世间大爱"的，不是教你怎么恋爱，而是想让你去寺庙当尼姑，所以，别听他们瞎扯淡了。

　　谈恋爱不是当尼姑，不是云淡风轻的。单恋很美好，但是最终，你最好告诉他，让他也觉得这份情谊很美好。如果值得你去争取，你就要努力去争取。

　　这才是你应该有的姿态。

谋大人

任何一段关系要
长久下去，

总是需要相互妥协，
相互维持的。

Chapter B
1+1>2

来信 21

婆婆总是
打听我的薪水

贱嘴：

我和我老公都是"90后"，去年8月结的婚。坦诚讲，我婆婆和公公对我们都还不错，客客气气，礼尚往来。我知道老公他们家的气氛和我长大的氛围并不一样，我从小出生在比较宽松的家庭环境，而他家比较传统，有很多规矩。两个人的婚姻是两个家庭文化的融合，因此，我和我老公都觉得维持这种平稳的状态是双方爆发最小冲突、相处最融洽的状态。我一直认为，真正融入一种陌生的文化和氛围是一件费力不讨好的事情。看看仍旧在美国精英阶级外徘徊的绝大多数聪明的黄种人就是鲜明的例子，哦，扯远了。

但是，最近，或者说一直以来都存在的一件事情，让我的老公和婆婆爆发出比较大的矛盾。原因是我婆婆总是询问我们的收入。

我承认，在这个问题上有我自己很大的原因，因为我认为收入是相对隐私的事情，不太希望家庭的财政状况和别人分享。所以，我跟老公在婆婆询问起来的时候，都会转移话题。

我们不会直接拒绝，我们会用一些描述性的词语，比如还完贷款有些紧张，比如还能存起来一点。

可是，我婆婆还是会追问，老公试图询问她为什么一定要知道，婆婆的回答是，如果不告诉她就是不尊敬她。

老公说："但是爷爷奶奶没有询问你们的收入，你们一样很尊敬他们。"

婆婆就会一直说我老公独立了，独立了。

这个回答让我很惶恐，事实上，即使她一直坚持不懈地询问我们的收入我都有能力化解矛盾，可是这个回答仿佛是在暗示我她不情愿我老公脱离她的管辖，要宣誓主权一样。那我很有可能会变成她的假想敌。Oh my god！

两位大人，我的分析对吗，我该怎么办？

Angelina 敬上

谋大人回信

Angelina：

看完你的来信，读到这一句话："看看仍旧在美国精英阶级外徘徊的绝大多数聪明的黄种人就是鲜明的例子，哦，扯远了。"

这是在讽刺谋大人吗？

美国精英阶级的代表谋大人告诉你，问薪水的确是让人讨厌的行为。

以前有一次初中同学聚会的时候，我的一个八百年没见的老同学就直接问我每个月赚多少钱。因为大家都知道她是一个事业单位的主管，我就说："大概是普通事业单位的四倍吧。"

这种关系的人问你薪水，潜台词是："你赚得比我少，我才开心啊。"

但是婆婆问你丈夫和你的薪水，又是另一个潜台词。当妈的当然希望自己儿子的家庭赚得多，生活幸福啊，所以她当然期待听到一个比她预期高的数字。

其实这个时候，你和你老公编造一个数字告诉她就得了，虽然是隐私问题，但是毕竟不是什么原则问题。

但是事儿来了，你老公拒绝告诉她，你也拒绝告诉她，你和婆婆之间的问题就从薪水问题变成了你和你丈夫从她的管辖之内"独立"的问题。

我的建议是，下次你婆婆再问你们薪水，你们就如实或者编造一个数字告诉她。

其实你们是在说："我们还是您的孩子啊，我们是尊重您的啊，妈。"

但是你也要眨个眼，卖个萌，然后紧接着来一句："但是我们也马上要有自己的孩子了，要花钱的地方多了呢。"

这句回答的潜台词就是："您也甭想了，我不会给您一分钱的。"

完美。

谋大人

---amor27 回信---

Angelina：

你婆婆有没有把你当成假想敌，我不知道。但是从你来信中的语气和描述判断，内心深处，你已经把婆婆当成了假想敌。

从来信一开始，从你们婚姻的一开始，你就认定两个家庭的文化和氛围是不同的，并且认为融入新的家庭是一件吃力不讨好的事情。

对不起，打一开始，你的立场和态度就完全错了。

我一直觉得，一个人对别人的态度决定着自己受到别人怎样的对待和态度。

你都把融入你老公的家庭，比作黄种人融入西方主流世界了，人情世故经验都比你丰富的婆婆，又怎能看不出来你的心不甘情不愿，婆媳之间又怎能融洽？

将心比心，你自己都未做好准备坦然接受新的家人，你又如何要求你的婆婆？

我同意谋大人说的一点，询问子女收入，这无论是在东方还是西方，在传统还是开明的家庭之中，都不是一件怎么过分的事情，也并不是一个打不开的死结。

想透露，就开诚布公；觉得是个人隐私，那就随便编个数字糊弄过去，婆婆又不是国税局，会追根究底。

但是，如果你一开始，就摆明一副老娘就是反感你这种行为，老娘就是要反抗到底的姿态，那才会制造出更多的问题以及不和谐的因素。

其实话说回来，无论父母还是公婆，询问收入其实也只是对我们的一种关心。他们为我们付出那么多，又哪里是想要从我们身上获取什么。

你只需要让他们知道，你的收入很好，你的生活很好，你的一切都很好，那就好了，其实他们就满足了。

比如，我每个月都会给母亲上交一部分收入，其实她也只是帮我存起来，但这个行为，其实是我在告诉她，我的收入和一切都很好。

其实只要让他们知道这一点，就足够了。

安吉丽娜，我觉得是时候改变一下你的心态，从根本上缓和你和婆婆的关系。

不然，小心被你婆婆一脚踢开。如同谋大人再不上心，也要被我一脚踢开一样。

腿劲最近练得很足的 amor27

来信 22

备孕期间染头发，
婆婆对我冷暴力

亲爱的贱嘴君：

　　以前总是看别人在吐槽，没想到今天竟然也轮到我倾吐自己的伤心事了。

　　先简单说一下我的现状吧。我和老公是大学同学，2014年结的婚。婚后感情稳定，公婆对我也不错。我们本来没有这么快想要孩子，但是由于公婆想要趁退休有时间和精力帮忙照顾小孩，我和老公就开始备孕。从饮食到社交，公婆都比以前上心得多。

　　上周我的好闺蜜让我陪她一起去弄头发。她染了一个特别好看的樱花色头发，于是我也动心了，觉得趁现在还能再抓住自己青春美丽的尾巴，于是也染了樱花色，还把头发剪短了，想着以后怀孕、生孩子能方便点。

　　可就是这么一个头发，回去劈头盖脸就被婆婆一顿教训，说都要怀孕生小孩了还染什么头发，乱鼓捣些有的没的，没把心思放在备孕这件事上，还说染发影响备孕，影响健康，总之就是恨不能我现在去剃个光头回来。不仅如此，婆婆还拉着全家人都对我冷暴力，老公夹在中间也特别难办。

这几天真是感觉太不舒服了，身边每天朝夕相处的人竟然都不能理解我，真的特别伤心。难道我真的做错了吗？为了备孕，我连弄头发的权利都被剥夺了吗？我到底该怎么办？是跟公婆抗争到底，还是跟他们认错，从此做个没有自我的所谓的好媳妇？

备孕小樱花

谋大人回信

备孕小樱花：

你婆婆可能以为，你染了樱花色的头发，拉出的屎应该也是樱花色的，生出的小孩可能也是樱花色的。

婆媳问题我们不是第一次回答了，详情请参见《来信 | 老公在婆婆面前脱得干干净净，你们不觉得奇怪吗？》以及《来信 | 一箱橙子引发的婆媳大战》。我给你提供的规则很简单：你和你婆婆是两家人，你们没必要成为相亲相爱的一家人，你们要互相尊重对方的生活。

但是你的问题又有点奇怪，我不知道备孕这件事情，是你要求你公婆来帮忙，还是他们自己主动提出的。

我觉得基本上是你公婆自己提出来要来帮忙，我老爸老妈经常跟我说的一句话就是："趁我们还年轻，赶紧生个孩子给我们，我们可以帮你带孩子。"对于这种话，我一般也会直言不讳："我觉得你们会把我的孩子带成一个傻玩意儿，所以还是算了。"这个时候也要顺便解释一下，我为什么没有变成傻玩意儿？因为我一直在抗争啊！

而你呢，你这个懒媳妇，你觉得如果自己一个人挺个大肚子做饭烧菜也应付不过来，就接受他们的好意了。你早就该知道，两代人（还不是一家人）一起生活就会出现这种纷争。你要备孕的时候犯懒，你就该被你婆婆冷暴力。

你有你自己的人生。吃饭、拉屎、怀孕，都不该归你婆婆说了算。备孕期间该不该染头发，该不该养狗，该不该和闺蜜去逛街，你自己最清楚。

你现在要先做好自己备孕的准备，另外，就是联合你老公，让你婆婆去过属于她自己的生活。

如果他不同意，那就打胎吧。

谋大人

amor27 回信

亲爱的小樱花：

每次收到读者来信询问婆媳问题，我觉得谋大人的回答都非常不负责任，而且纯粹在瞎扯淡。

因为作为一名真"直男"，他这辈子不曾，也不需要面对这些问题呀。

而你在来信中，除了婆媳问题，还问到更为专业的备孕问题。本着对读者负责的宗旨，我采访了身边两位拥有丰富经验和出色成果的人母好友，让她们来为你答疑解惑。

拥有一个两岁半聪明伶俐女儿的爱使力小姐这样告诉我：

"我怀上宝宝的时候其实是没有备孕的，尝试了一次就成功了，而且怀孕已有一个月的时候，还没验出来，我送别我很好的朋友去酒吧 high，一个人喝了一瓶黑方，现在宝宝各方面也很好的。

"很多人很讲究，备孕 3 个月以上的也有，这只是希望自己的宝宝更健康，底子更好。但是很多时候是，没那么讲究，保持快乐的心情，多运动，就能有个健康快乐的宝宝。"

而自称 DDP（大肚皮）中的战斗机小姐三年抱俩，也对你来信中婆婆的做法颇不以为然。

"我突然觉得，自己在家里，从我爸妈到公婆到我老公，从来没有被他们当作孕妇也是件幸福的事情了。

"怀孕期间就是戒烟酒、烟比较重要，酒小酌也无妨。

染发完全没有问题啊，心情好点还会增加受孕概率呢。"

你看，两位成功的人母都提到一点，备孕期间，心情好很重要。

所以你可以把我们的回信直接甩在你婆婆脸上，告诉她，备孕期间，做这个，不做那个，一切都不如让你心情愉悦来得重要。

而她现在对你的种种行径，尤其是冷暴力，可是对你怀孕一点好处都没有。

最后回到你来信的主要问题，备孕期间，到底可不可以染头发。

理论派的战斗机小姐，向我推荐了育婴界网红，上海三甲一妇婴院长段涛大夫的微信公众号，以及国内最有名的儿科医生崔玉涛，他们对于怀孕和哺乳期间烫染发，都是表示支持的。

怀孕跟哺乳期间，其实只要用安全可靠的有品牌的正规染发、烫发产品，是可以的。

就像爱使力小姐说的，毕竟作为母亲的角色，还是不希望伤害到宝宝的。

但我最后还是要俗套地讲一句，一家人相处，无论是备孕还是以后哺乳育儿，一定都会有摩擦，有分歧。但你要记得，始终一家人和睦，才最重要。

感觉自己很像 TVB 编剧的 amor27

来信 23

老公在婆婆面前脱得干干净净，你们不觉得奇怪吗？

亲爱的贱嘴：

昨天跟好朋友聊天，被倾诉了一个困扰她很久的问题，虽然已经给出她答案，还是希望能听到你们的意见。

事情是这样的，朋友结婚一段时间了，跟婆婆、老公住在一起。然后她发现了一个之前不曾见过的现象，她老公每次洗完澡或者换衣服，直接脱得干干净净，就当着婆婆的面走来走去，连底裤也脱得干干净净那种。不仅如此，就连她婆婆，每次洗完澡也是光着上身走来走去，有时候干脆坐在客厅沙发看电视，就穿一条底裤……

就这件事而言，朋友觉得很苦恼，不知道是不是男生都会觉得在自己妈妈面前裸身也无所谓？反正我听到此事的第一反应是直接"石化"了，完全接受不了，不知道是我的问题还是他们的问题？

所以，在这里恳请足智多谋、经验丰富、尺度无限大的贱嘴们帮我分析一下这个问题。

写信时内心依然久久不能平复的 KJ

谋大人回信

KJ：

你朋友最大的问题就是跟婆婆和公公一起住。

婆婆、媳妇加家里的男人一起住，不管发生什么，都是有可能的呀。

有一次我无意中参与了几个女性朋友的一个饭局，其中讲到"婆婆到我家来住一段时间"这种梗。

大家叽叽喳喳地说，什么家里的碗婆婆拿来喝水，什么饭桌上只给她儿子夹菜，什么一回老家就把家里值钱的东西扫荡光……

另外一个女生说了一句话，全场都震惊了："我老公上完厕所，让我婆婆给他擦屁股。"

说实话，我和爹妈一起住的时候，也是想裸就裸啊！

我国人民几乎没有"隐私"这个概念。对于大多数能在老娘面前想裸就裸的我国男人来说，是因为"身体发肤，受之父母"。老娘给你的，你还有什么不好意思的？这种观念，一直持续到我国男人们长大成熟。

这件事，我国传统观念不改变，就会一直这样，这也是没有办法的事情。

所以我说，如果有能力，还是和公公婆婆分开住比较好。

谋大人

--- **amor27 回信** ---

亲爱的 KJ：

首先非常抱歉，我对着你的字母缩写名字，邪恶地笑了一分钟。

其次非常抱歉的是，谋大人完全是在瞎扯淡，浪费了你的时间。什么隐私，什么你国，什么传统观念，和你朋友所遇到的问题没有半毛钱关系。

来信中明明写道，你朋友是和老公以及婆婆住在一起，并没有公公的存在。根据我的分析，你朋友的老公很可能来自于一个幼年丧父的单亲家庭，导致母亲和儿子之间性别意识不明显，才会出现两个人习惯彼此光着身子走来走去的现象。

这一点我是深有体会的。同样来自于单亲家庭，我的母亲在这一点上，说实话也不是特别注意。我有裸睡的习惯，基本上在我自己的房间都是光着的，母亲有时候会不打招呼就走进来，让我遮挡不及。

但在我和母亲沟通过几次这件事情之后，母亲现在进我房间之前都会先问我穿好衣服没有，我洗完澡光着身子走出来时，母亲也会及时回避。

这才是任何男孩在性觉醒年龄过后，正常的母子关系。

像谋大人说自己在父母面前想裸就裸，我只能说，You are so gay。

所以 KJ，你朋友的问题出在，既然她不能接受，也感觉苦恼，就应该和自己老公好好沟通，试图解决这个问题。

婚姻之中，两个人的生活习惯肯定会有所不同，并没有谁对谁错的问题，只要合理、及时地沟通，总能够解决，最终达到一个彼此舒服的状态。

至于谋大人给的跟婆婆分开住的建议，我真心不推荐。任何人与人之间的相处之道，都是沟通与磨合，而不是逃避。

就像上午谋大人还被害妄想症发作把我气个半死，我也没有说不干了不干了，而是耐着性子跟他沟通，虽然心里想着"等老子捞完钱，立刻就撤，谁还要在这里受你的闲气"。

感觉自己好成熟的 amor27

来信 24

我想劈死爸爸的"小三"

明明可以靠脸吃饭却又富有才华的贱嘴：

我爸爸找了比自己年轻二十岁，比我大九岁的"小三"，"小三"成功上位。我不认"小三"，我爸就说我太自私。我想知道是谁自私哦，那"小三"害我家破人散，我凭什么给她好脸色看？

我在美国念书，毕业典礼那天我爸结婚。自从我爸结婚以后，我跟我爸就很少联系，以前我跟爸爸是无话不说的那种，是啊，人家找了个干女儿，觉得干女儿更好不是吗？那个"小三"心机不浅，挑拨父女关系。我说给我爸听，他也不听我的，特别信任那个"小三"，反过来说我是他教育的失败。

那个"小三"真的是一副典型小三脸，女人看女人很准的好吗？这种破坏别人家庭、挑拨父女关系的"小三"还算是个人吗？妈妈当年跟爸爸大学毕业就结婚，住着只有公厕、公共厨房的房子，一起拼事业，爸爸以前甚至还打妈妈，妈妈有一次被打到失忆，现在却被抛弃。大专文凭的"小三"却享受一切。我对我爸很失望，一个自称搞艺术的，还是大学客座教授。丢弃我妈说是因为我妈没品味，我妈当年是英语系校花，年轻时走的就是暗黑风，洋气得不要不要的，现在我们走在一起也还被说是姐妹俩。结果我爸找了个比自己小二十岁做网红梦的"小三"！

"小三"忌妒我不用努力也可以拥有她用身体交易才能有的一切，让我爸几乎不认我这个女儿。"小三"扬言要给我爸生两个儿子，我爸喜欢男孩，我是女孩是他一直的遗憾。结果可笑的是，她查出来自己输卵管堵塞，试尽办法要怀孕，我怎么都觉得她是人流做多了！该如何让我爸认清"小三"嘴脸？能分辨"绿茶婊"的男人本来就少，我爸与"小三"还有二十岁的代沟，被"小三"玩得团团转啊！

爸爸教我做人低调，"小三"天天朋友圈秀恩爱、炫富，真的看不下去了！爸爸跟我天天哭穷说自己赚钱难，没几个钱，却又跟"小三"买别墅。他肯定是怕我跟我妈算计他的钱吧，我跟我妈还真不是那种人，呵呵。我以后要变强大，我定要撕烂"小三"！除了我爸的姐姐，亲戚都看不惯"小三"，我现在恨自己还在读书，没有去挣钱，等我腾达了，我要劈死"小三"。如果我用词太粗鲁，也请你们改改吧……气死了！

愤怒的小女

amor27 回信

亲爱的愤怒：

读完你的来信，我只想送你一首辛晓琪的《女人何苦为难女人》。

在我的传统观念里边，任何一段出轨的关系中，永远是女人是狐狸精，需要承担更多指责和道德批判，而男人，不过是一时受到了蛊惑，如果能够及时回头是岸，依旧是好丈夫、好父亲，如果回不了头，那也是"小三"功力太过深厚、狐媚的结果。

这样的桥段，从《画皮》开始，主题旋律一直没有变：女人永远是错的。

很遗憾，作为一个女人，一个年轻的女人，一个接受过西方教育的女人，你的想法依然停留在传统腐朽的程度上。

任何失败的婚姻，双方必然都需要付出责任。而任何出轨的关系，如果要责怪和道德讨伐，那应该承担责任的，也应该是双方。

更何况，父母辈的恩怨纠葛，作为局外人的我们就没有资格也没有必要评论和参与。

而用诸如"人流做多了""劈死她"这样的恶毒词语，来攻击另一个女人的行为也适可而止吧。这些心里、口头的苦与毒，伤害不到任何人，除了你自己。

在你的来信中，我注意到你这样描写父母之间的关系：

母亲被父亲打到失忆，父亲嫌弃母亲没有品味，在你毕业典礼那天结婚。

所以，你恨的那个人，不应该是那个虐待你母亲、对你不尽义务的父亲吗？而不是把一腔仇恨都转移到"小三"身上。

当然，我不是真的让你去恨你的父亲，我唯一希望的，就是你摆脱上一代的阴影，开始你自己的生活。

毕竟，你父亲的出轨，与你母亲的分离，已经成为既定事实，你再去纠结或者想要强加破坏，也只是自寻烦恼。

而你自己的生活才刚刚开始，祝好运。

amor27

--- 谋大人回信 ---

亲爱的愤怒：

我不得不说，这一次 amor27 这个死胖子，基本上没有在瞎扯淡。

但是，如果你是一个年轻气盛的女孩，你很难把自己置身事外，他毕竟是你爸，"小三"就是破坏你家庭的人。

让我给你提供一些更有价值、更具备可执行性的意见。

一、最关键的一条：请尽早经济独立。试想一下，如果你还要拿你爸的钱，然后又口口声声地说你恨你爸，基本上是没立场做任何事情的。

二、如果再出现你爸爸伤害你妈妈的情况，请立即报警。

三、确认好你爸爸的抚养费，以及和你妈妈的分割财产中你妈妈没有受到损失。

四、你说"我以后要变强大，我定要撕烂'小三'！我要劈死'小三'"，错了，你变强大了之后，要照顾好你妈妈，并且，活得比你爸爸，和你爸爸的这个"小三"更精彩。

五、长大以后，不要当这个"小三"这样的女人，以及远离你爸这样的男人。

世间之事无外乎分为两种，一是关你屁事，二是关我屁事。我觉得这个理念在家庭关系中也适用。你爸找"小三"，你必须告诉自己"关我屁事"，但是如果"小三"的出现咄咄逼人，影响到了你的家庭，你必须恶狠狠地对她回敬一句"关你屁事"。

我所理解的家庭，虽然有亲情，但是仍然需要彼此尊重对方。这跟情侣之间的爱情是一样的，谈得来，好好过；谈不来，好聚好散。血缘关系很多时候都是纸上一书而已。

最后说一下，"父亲嫌弃母亲没有品味"，其中"品味"的"味"，你写错了，应该是"品位"。

谋大人

来信 25

我的
岳父大人

两位：

你们好。

我是 1982 年生的，我岳父是他那个年代的榜样，今年六十二岁。他是个农民，经过努力，放下了锄头，拿起了笔。他三十岁时，我老婆都打酱油了，他还毅然去读书，还拿了两个本科毕业证。他从农民到教师，从教师到当地国税局中层领导。他在红旗下长大，受党教育多年。他是四川人，我是东北人，因为语言障碍，平时基本不交流。一起喝点小酒也磕磕绊绊地聊两句，你知道，我岳父这个年纪，再加上机关工作一辈子，张口闭口都是国际形势，我对这方面根本没兴趣，我的职业是个专栏作家，我只想赚更多的钱，让父母、老婆、孩子过上富足体面的生活。我对他亲俄反美的政治倾向也并不认同，尝试着跟他说一下庚子赔款的美国善举，或者俄罗斯在东北的恶行，他根本听不进去。一起聊天时最大的特点就是你别说话，只能他说。那好吧，反正我就是那种"嗯嗯""哈哈哈"的性格，不同观点求同存异，也懒得反驳，我自己踏实做事就好了。

有一次谈到了政治的问题，也是喝高兴了，我只是谈了一下如果换位思考的问题，他立刻拉了脸，再不说话。事后，只要在一起，我岳父就有意无意地骂那些"认干老子的汉奸走狗"等等，这绝不是一个体面的知识分子能说出的话。或者也是说者无意，听者有心吧。可架不住天天如此啊。

直到有一天，他来到成都我的家中，发生了几件事。一、饭后，他说我和我老婆的政治立场不对，严肃地给我俩做了长时间的思想教育工作。二、我有一个日本留学回来的朋友，几年没见，在我这儿住了一段时间。这个朋友基本就没礼貌、没教养，见面不叫人，吃饭不等人。但其他方面还不错，所学也能与我互补。我岳父严重警告我，要我和他绝交。三、我写的工具书出版很多本了。今年趁着期权上市，刚刚出版了一本关于期权交易的书，我把署名送给了我的一个朋友，他是某经纪公司广州营业部的经理。这是投资或者说交换吧，因为我们一起经营一支私募基金，他在前面可以拉到更多的资金。结果，岳父又对我进行思想教育。四、一个朋友，血液病患者，算是我母亲的病友，因为长年一个人在家，我让他来我家住一段时间。第一他是资深病友，提供很多关系和咨询。第二他在成都看病也方便。但我岳父说熬中药的味道不好闻，对孩子也不好，让他立刻滚蛋。

前面，我都抱着"你说你的，我做我的"态度听。可最后一件我忍不了了，他说完就收拾东西走了，说我们这儿他再也不敢来了。我没挽留，当然，我老婆也没挽留，我默默地送他出门，祝顺风等等。就是这些了，意识形态我就算了，但非要插手我的工作，让我跟朋友绝交两次，我真的忍不了了。

阳台偷偷全程手机录入的淡水渔家傲还真心盼回复地说

amor27 回信

亲爱的阳台偷偷：

作为一名未婚单身狗，似乎回答你这封来信是有些不够格的。

但是作为"人妻俱乐部"长期的忠诚伙伴和荣誉会员，听多了人妻们与另一半父母相处的各种极品事迹，多少还是可以给出一些建议的。

你和你岳父的问题，你也归纳了，大致分为两个部分，一是意识形态，二是他干涉你的生活。

其实无论什么问题，我觉得都要牢记一条原则：你娶了他女儿，你娶了他女儿，你娶了他女儿。

时刻提醒自己这一点，很多问题都可以迎刃而解了。

最好解决的就是意识形态问题了。

我曾经在全中国意识形态最有问题的一家报纸供职，有一个全中国意识形态被骂得最惨的主编，但我却坚持了三年。

其间无数朋友问我，我怎么撑得下去。

的确，每次开会时，我都能体会到这种意识形态强烈的反差，有时候甚至也有让他闭嘴或者赏他一耳光的冲动。

但是我时刻提醒自己的一点就是，这里付我很高的工资。

如果我接受不了这点意识形态的不同，就等于要告别这份工资，也就住不起珠江帝景的豪宅。

权衡比较，那点意识形态也就不算是事了。

你的情况也相同。

请你时刻提醒你自己，如果不是因为你岳父把女儿嫁给你，事到如今也许你还要劳驾你的左手右手一个假动作。

和这点比较起来，意识形态算个毛。

和意识形态比起来，干涉你的生活这一点的确很难让人忍受。

但是你在来信中，有两个信息没有提供，第一是你和妻子的感情，第二是你妻子对自己父亲的态度。

你只是模糊写道，你妻子也没有挽留。

其实很多时候，你岳父干涉的不是你的生活，而是害怕你的生活影响到他女儿的生活。

所以，在所有的岳婿婆媳关系中，能够起到决定性作用的还是你的另一半。

我不知道你是否跟你妻子沟通过她父亲的状况，她又是否会站在你那边。

如果你妻子能够起到中间桥梁作用，和你和父亲沟通，那比你做出的任何行动，或者我们给出的任何建议都更为有效。

婚姻不是两个人的事情，而是两个家庭的结合。

当你选择你妻子的时候，你其实也选择了她的家庭。

记住这一点，希望你与岳父的关系能够缓和。

因为你们两个人这样的状态，最难受的或许是你最爱的妻子。

人妻好伴侣 amor27

谋大人回信

亲爱的，偷偷全程手：

向我们咨询问题的来信，大多都是婆媳之间的小矛盾的。这次居然还有关于岳父的……简直太喜欢了！

但是我看完你的一二三四之后，我觉得，这个问题和各种婆媳问题基本上并无二致。

我倒是觉得，你犯着整个中国式家庭的一个通病：你的家庭和你妻子的家庭并不相互独立，你们紧密地捆绑在一起。也许你们已经分开居住，但是你的潜意识中，是"他是我老婆的爹，所以我要对他怎样怎样"，而他的潜意识里，则是"你娶了我女儿，是我的女婿，所以你要怎样怎样"。

这种脑残的中国式家庭关系，是我见到的有裂痕的婆媳关系和岳婿关系的根源。Amor27给你提供的"你上了他女儿"的心理暗示，在我看来，并没有什么用。

你邀请朋友去你家住，你送署名给任何人，和和什么样的人交往，和他任何关系都没有。凭什么你娶了他的女儿，就要听他唠叨，接受他的再教育？

你需要不断地给他灌输一个观点，这是你和他女儿的独立家庭，他无权干涉。但是在灌输的同时，你也要反省你自己：你是否觉得你娶了他的女儿，就亏欠于他？他是你的岳父，但是如果意识形态不同，甚至说你不喜欢他，你怎么办？

在来信中，你提及"直到有一天他来到成都我的家中"，发生种种不快。在我看来，一旦女儿出嫁，儿子娶人，他们就是独立的个体，你再拜访你的女儿或者儿子，你就是客人的姿态。你在他来居住的过程中表现出了主人姿态没有？如果有，哪有客人去了主人的家里，反而反客为主，劈头盖脸一顿骂？

有一次我回老家，我爸妈去火车站接我，但是我妈看到我女朋友没有去火车站接我，大为不悦，唠叨了一路，说我的女朋友心里没有我，以后结婚不会幸福快乐之类的。之后很长一段时间之内，一直拿此问题说事。

直到有一天，我义正词严地跟她说："妈，我的女朋友来不来接我，跟你半毛钱关系都没有。"

我妈从此再也不提这件事情。

所以，Amor27说的"婚姻不是两个人的事情，而是两个家庭的结合。当你选择你妻子的时候，你其实也选择了她的家庭"，在价值观混乱的你国，现实状况可能真的是如此。但是，让我来认真告诉你，婚姻也好，爱情也好，本质上就是两个人的事情，当你选择你的妻子（丈夫）的时候，与对方的家人毫不相干。

谋大人

来信 26

父亲有"小三"，
我该怎么办

两位：

  我二十四岁，在外地读书，有个读高三的弟弟。我父母从农村来城市发展，父亲读过些书，人挺有魅力。母亲早年脾气不太好，二人常吵架，父亲从我初中时开始不回家，近七八年二人已彻底分居，只在寒暑假周末偶尔回来看看，但管我和弟弟上学、生活费用。父亲大一送我上学时明确告诉我，他在外面还有一个"阿姨"，不想重蹈爷爷奶奶的覆辙错一辈子。虽然妈妈也给过我暗示，但听到他亲口承认我还是差点哭晕。

  我和母亲都懦弱，母亲在争吵、痛哭、挽回无果之后，近几年想开了，人变得特别乐观、豁达、温柔，其实爸爸对妈妈还是很好的，会哄她。家庭关系也不错，放假时四个人会一起去 KTV 唱歌、出去玩，爸妈与我和弟弟的相处模式也很平等。在邻居看来真是畸形的家庭吧。

现在父亲做小生意，母亲做家政，都很辛苦，我和妈妈、弟弟租住在两间没有阳光、夏天漏雨的小房子里，家里到现在都无法买房，没有存款（我一直觉得是因为爸爸没有一心在家导致家贫）。虽然问题多多，但父母都是热爱生活、积极向上的人，所以除了超级没有自信、很敏感的毛病以外，我挺开朗、乐观的，平时嘻嘻哈哈、善解人意，跟朋友们都处得非常好，朋友们有心事都跟我说，只是一想到这件事就悲从中来。平时跟爸爸关系超好，什么事都讲，但大概三四个月会"崩溃"大哭一次（有什么事情触发，然后一想到我和弟弟精神上和物质上都没有完整的家，就在身边没人的时候开始哭），然后自我安慰说只要家人健康就好，不求别的，就能迅速自愈。

贱嘴大大，你们说我应不应该做些什么？我知道我在逃避问题，可现在的模式看起来是对大家都好的样子，爸爸因为愧疚对妈妈和我都很好，妈妈也开心，我除了偶尔和爸爸吵架说他几句，再没有别的动作，吵完还会迅速安慰他，怕他伤心，对，我就是这么懦弱！妈妈不想离婚，所以我也不敢彻底撕，怕爸爸不服威胁真离了。所以看看别人"女儿手撕'小三'"也是真佩服。

还有一个问题，我这几年一直听到一种可怕的观点：自己的婚姻模式和感情观是父母的翻版。而最近我忽然意识到，自己在感情上的道德感很差，交朋友时不太会顾忌别人是否有女友、有家庭，遇到有女友、有家庭的男士邀请去吃饭、看电影,我也不会太拒绝(也有我从来就不太会拒绝人的一丝丝原因),好像不太介意当"小三"……当然并没有做什么,吃饭、看电影我都坚持AA,但还是被自己这种想法吓到了。

好友的男友也因为单亲家庭一直遭好友妈妈嫌弃,说这种家庭的孩子有问题。所以我现在也特别怕会影响到弟弟,不知道以后该怎么跟他讲,该怎么做才能把坏影响降到最低。我不知道我自己这种不堪的想法是不是跟父亲出轨有关系,父母的婚姻模式真的会对下一代产生这么大的影响吗?

别嫌弃我讲太多啊!实在是,讲不清楚……知道你们忙,有空就看,没空就算,我说出来吐吐槽也痛快痛快,是吧!把心里的垃圾都丢给你们啦!就当你们看了!

就酱!爱你们。

不知道落什么款的款么什落道知不

谋大人回信

好长的落款:

我很喜欢你这一封来信,你的这一封来信让我看到中国式家庭的快乐和痛苦。

我们的粉丝已经给我指明了回答来信的方向。

我在美国的时候，交的所有的朋友，他们的父母基本上都离过婚。但是他们该恋爱的恋爱，该当议员的当议员，该骂脏话骂脏话，该吃屎的时候去吃屎。

我想说的是，单亲家庭不是影响你和你弟弟的生活的因素，你们能从各自的生活中汲取养分。"但父母都是热爱生活、积极向上的人，所以除了超级没有自信、很敏感的毛病以外，我挺开朗、乐观的，平时嘻嘻哈哈、善解人意，跟朋友们都处得非常好……"这些，都是很棒的你，相信我，你完全没有问题。

第一，你问我，你是不是应该做点什么。是的，你应该做点什么。手撕"小三"什么的就算了。找你父亲坐下来，好好谈一次，问他爱的到底是那位阿姨还是你母亲，如果是那位阿姨，鼓励他离婚，去追求他的幸福，告诉他，你和你的母亲、你的弟弟，都会过得很好，让他定期探望。你和弟弟的幸福很重要，你的母亲的幸福很重要，同理，你父亲的幸福也很重要。他的幸福没有必要捆绑在对家庭的愧疚感上。同理，把这个道理讲给你母亲听，告诉她，人生道路很漫长，与其拴着一个不爱你的人，不如去找更爱你的人。

爱情这套理论，不仅仅适用于我们这个年纪的年轻人，还适用于父母这一辈。

第二，"最近我忽然意识到，自己在感情上的道德感很差"，听我说，道德只放在人身上，并不放在感情上。感情上没有所谓的道德差。"交朋友时不太会顾忌别人是否有女友、有家庭",废话,交朋友当然不用顾忌这些,是不是还要做个背景调查啊?

"遇到有女友、有家庭的男士邀请去吃饭、看电影,我也不会太拒绝",碰见好男生、好电影当然不用拒绝啊。

第三,你怕这件事影响到你和你弟弟的口碑。"好友的男友也因为单亲家庭一直遭好友妈妈嫌弃,说这种家庭的孩子有问题"。无论是单亲家庭还是双亲家庭,父母健在还是父母双亡,同性恋家庭还是异性恋家庭,对于孩子,只要在成长的过程中给予他们足够的爱就够了,他们和其他人并无区别。对于流言蜚语,你也没必要理会。爱你的人自然会爱你,遇见你好友的妈妈这种傻子,在你人生的道路上 pass 掉就好了。

不知道落什么款的款么什落道知不,你的这一封来信,语言优美,逻辑清晰,娓娓道来。我虽然没有见过你,但是我相信,在生活中你一定是一个积极乐观的人。相信我,你与其他人并没有什么不同。

一首歌曲送给你,*You are perfect to me*。

谋大人

―――――― amor27 回信 ――――――

不知道落什么款的款么什落道知不：

和谋大人不同，我在美国只待了短短的一年时间，回国以后便久久无法忘怀，言必称美国，无论什么问题，都要扯到没有半毛钱关系的美国身上。

我只想跟你说说，在中国这片土地上，我自己和你多少有些类似的经历，以及现在我对于父亲出轨这个问题的看法或许能够对你有一些帮助。

很早我就知道，在父亲生命里，那个女人的存在。

从旁人的闲言碎语里，从母亲的争吵控诉中，从我早熟的细心观察下。

她是父亲的同事，两人曾经谈过恋爱，却有了各自的婚姻。

从我出生那天起，这个女人的阴影，就一直笼罩在我家上空。

他们抛下刚刚出生的我和尚在医院的母亲，去上海玩。

这导致很长一段时间里上海都是我最为厌恶的城市，后来却成为我最爱和现居的城市，人生的兜转，也是莫测。

在我童年和少年的记忆里头，为了她，父母的争吵是家常便饭。

每一次，毫无意外地，我都会和母亲同仇敌忾。

在我幼小的心灵里头，那个女人无疑是一切罪恶的源泉。

我跟踪过她，扎破过她自行车轮胎，往她家门口偷偷丢过垃圾。

直到高二那年父亲过世，在我的内心深处，她还是一根刺。

父亲弥留前一天，她来探望父亲。

知情的亲戚事先支开了我和母亲，却还是被撞到。

有一瞬间，我恨极了父亲，即便他在病床上奄奄一息。

七年以后，在北京的保利剧院，我看了一出叫作《暗恋桃花源》的话剧。

在年轻时错过彼此的江滨柳和云之凡，在年老之际重逢在病房中。

而门外，江滨柳的结发妻子在默默掩面哭泣。

云之凡走后，江滨柳不知是内疚，还是无助地拉住了妻子的手。

于是，仿佛时光穿梭，我又回到七年之前，父亲病床前那一幕。

突然之间，我懂得了父亲。

在我眼中卑鄙、肮脏不堪的"小三"的感情，或许也是如话剧当中一般的纯真爱情。

于是，我又悔恨又纠结地，在偌大一个戏院，哭到手脚抽筋，不能自已。

所以回到你的问题，你需不需要做些什么，我的建议是，不要。

这并不是逃避问题，因为这首先就不是你的问题。

是的，他是你的父亲，她是你的母亲，那个不相干的人是"小三"。

但这是他们之间的问题，他们之间的爱恨纠缠与你无关。

你并没有任何发言权。

如果父母干涉你的恋爱、婚姻，你是不是会反感而厌烦？

其实反向回去，也是相同的道理。

我可以保证，无论你因为冲动做了什么，多年以后，你都会后悔，如同现在的我。

你能够做的，就是通过你的言语和行动告诉你的父亲和母亲，无论他们做了什么样的决定，你都依然爱他们。当然，给你母亲的爱和关怀可能要更多一些。

再谈谈道德感这个问题。

是的，这个公号不止一次地说过，在感情里不问对错。

但感情里，是存在道德差的，不然感情就沦为兽欲了。

和有女友的人私下吃饭、看电影已经是岌岌可危了，如果对方已经成家，那就请立刻打住吧。

谋大人这样习惯出轨的真"直男"自然可以不用考虑婚姻和家庭的问题，但不代表所有人都可以肆无忌惮地去当"小三"。

你自幼因为"小三"问题受的苦，难道长大以后还要加倍奉还给别的家庭和婚姻吗？

最后我想说的是，无论从我的自身经验还是心理学家的研究来看，父母的婚姻模式当然会对下一代的恋爱观、婚姻观造成影响。

这是无须逃避也无可逃避的现实。

对于这一点，我也并没有什么好的解决办法，否则也不会习惯性三个月失恋了。

我们只能够尽量努力从童年阴影中摆脱出来，尝试过属于我们自己的阳光人生。

我还在努力中，虽然屡次失败，但还没有放弃。

希望你和你的弟弟，一样可以。

最后的最后，也送你一首歌曲，是《暗恋桃花源》二十周年版的主题歌曲《暗恋》，是我很喜欢的袁泉演唱的，中间穿插了第一代云之凡扮演者林青霞的画面。

林青霞与金圣杰那一版的《暗恋桃花源》，到现在有时候夜深了我还会拿出来看。

现在送给你，希望你能够更大限度地理解你的父亲。

同时，也更相信这个世界上会有属于你的安好爱情存在。

"可是我们一定要相信呀，一定学着去相信啊。"

江滨柳这样对云之凡说，现在我也这样告诉你。

依然会相信的 amor27

来信 27

老公没有精子，我却想要个孩子

两位大人：

你们好！昨晚我老公跟我说要不要孩子的决定权在我，我不确定自己要还是不要，但是我怕说了要他压力会很大，就说了不要。

哦，我应该先介绍一下我们的情况。我跟我老公相识六年（恋爱两年，结婚四年），婚后第二年发现我老公没有精子，不是少，也不是存活率低，是完全没有。医院查出来他促卵泡生成激素高出常人五六倍，激素增高的原因医生也给不出说法。先天？后天？未知。这几年陆续在治疗，找了男性不育的有名专家看了一年多，没有任何效果，今年开始没再做治疗。

然后我说一下我自己的想法，两年前我曾热切地想要一个孩子，现在回头想想当时想要孩子好像更多的是因为客观的原因，比如年龄到了，家长催，身边的朋友都怀孕了……

这两年随着我老公的治疗，我对要孩子的想法越来越淡，一是觉得养孩子要花好多精力和金钱，感觉自己能力不够，对另外一个生命付不起责任；二是，我和我老公感情很好，如果有了孩子，不仅多了一个他，父母还要跟我们一起住，打扰我们的二人世界；三是，我想这辈子尽量为自己生活，目前我的生活状态基本上是我最想要的，害怕有了孩子，变成为孩子而活；最后，也是最重要的原因，如果这个孩子不是我老公的，不是我们爱情的结晶，我不知道如何去接受。

目前我公公婆婆想我们去做人工授精，用别人的精子，我老公的想法是看我，我想要就去做，所以最终的决策权在我身上。如果我现在决定不要孩子，不知道自己以后会不会后悔，我老公以后会不会后悔。但是如果我们去做人工授精成功怀孕，我又不知道怎么面对这个孩子，我的老公要如何时时刻刻面对一个不是他的孩子？

我是86年的，虚岁已经三十一，如果要做人工授精，好像要趁还不是太老去做，如果不做，好像以后老了想要成功的机会更小。

我曾经想过让我老公做决定，但是这个决定让他做是不是太过残忍，会让他压力倍增呢？

期待两位大人的回复。谢谢。

以璐

谋大人回信

以璐：

对于孩子的问题，我们一直讲得很少。今天我仔细说一下。

首先，我们必须尊重个人的选择。

有些人喜欢小孩，有些人不喜欢，比如我，我就特别不喜欢小孩，这能说我是一个恶劣的人吗？不能。这只是一个喜好而已。

其次，对于孩子，尊重自己的内心。

想不想要小孩，问问你自己。不要因为社会的压力，父母的压力，别人都有孩子了我没有，而来考虑你自己想不想要小孩，这些事情都不发自你的内心。你到底喜不喜欢小孩，只有你自己知道。

再次，婚姻和孩子是无关的。

如果你和你丈夫关系很好，有一个小孩，并不会影响你们之间的关系变得更好。同理，如果有夫妻之间关系不和谐，那么，也请不要拿小孩作为砝码，小孩在这里是无辜的。

最后，我想说一下关于你的问题。

你也许很难理解，但是，血缘对于父母和孩子之间的关系来说并不重要。世界上有很多领养小孩的夫妻，孩子既不是自己的，也不是老公的，怎么办？这些父母和孩子之间没有情感吗？我个人认为，父母和孩子之间的关系最重要的是爱、被爱，以及陪伴。在养育孩子的过程中，孩子成长，你也在成长。

所以，这个孩子是谁的并不重要。重要的是，你要问问你自己，你到底有没有做好准备，你有没有做好要对一个孩子的人生观、世界观、价值观负责的准备。

我现在在芬兰罗瓦涅米圣诞老人村，这里很多小孩都相信圣诞老人是真的存在的。我想，对于很多父母也一样，他们最重要的任务就是让他们的孩子相信，他们就是最好的圣诞礼物。

谋大人

--- **amor27 回信** ---

亲爱的以璐：

首先表扬一下谋大人，在遭遇北欧航空罢工，滞留瑞典的同时，还讲得有理有据！但是我不得不说，谋大人的悲惨遭遇，于我而言，就像圣诞节和生日同一天来到一样，棒呆了。

然后回到你的来信。首先我要对你的遭遇表示遗憾，毕竟，无论你想不想要孩子，至少先天上，这段婚姻已经注定让你无法自然地传宗接代。

但回过头来，我们也不禁要问自己，传宗接代就是婚姻的全部意义吗？

如果从老一辈的传统观念来看的话，显然是的。这一点，从你公公婆婆的表现上来看，已经很清楚。

但我们这一代，很显然已经有很多人不抱这种想法，无论是我和谋大人，还是你自己。

其实在来信当中，你已经将自己的想法表达、归纳得很清楚：现在无论你的生活状态，还是和老公之间的关系，都基本上是你最想要的了。有了孩子，反而可能会变成减分项，会破坏和影响目前的状态。

很多时候，我们看读者的来信，如同在聆听朋友倾诉一样，其实写信的人心中已经有了决断，他们所需要的不过是一个倾诉的对象，以及让一个人坚定他们的信念。

我现在要做的，就是这样的工作。

亲爱的以璐，我完全同意你的想法，如果你眼前的生活和感情已经让你足够满意，你不需要孩子来给你增添什么。

有时候，自私一点，为自己而活，并不是一件坏的事情。

而你需要做的，首先是确认老公和你抱有同样的观念和想法，而不是出于内疚一味地迁就你。

其实，在整件事情中，你老公所受到的伤害是最大的。因为作为一个男性，丧失繁衍的能力其实是非常伤害自尊的残忍现实。

无论你们最后做出怎样的决定，请保护好你老公的心理以及你们的感情。

  同时确保，这个决定是你们两个人一起自发、自愿做出的决定。

  这样才能够保证，你们的家长能够被你们说服。而在日后漫长的婚姻里，你们也不会因为这个决定而产生矛盾。

  今天是假期结束之后返工的第一天。我处在梅雨季节的上海，天气依然阴雨绵绵。但以璐，无论是烦人的下雨天，还是纠结于孩子的沉重问题，请记得，为自己而活，时刻保持微笑，与你共勉。

下雨天很想赖床一整天的 amor27

来信 28

装修新房也要吵架，这日子没法好好过了

两位：

很喜欢你们啊，从图到文都很喜欢，然后我就开始倾诉我的苦恼了。

我和老公之前都是租房住，日子过得还不错。平时我打理家务要多一些，他就负责多赚钱，呵呵。

最近我们买了一套小房子，我心里的石头终于落地了，唉，不用看房东的脸色，到处搬了。

之后就开始装修了。因为之前我和老公在家的分工都是他负责赚钱，我负责家务多一些，所以我理所当然地觉得装修是我的事了。

为了不让他操心，我找了一个软装设计，效果图也出了，费也交了，结果晚上老公下班后，回来一看，就开始指指点点了。第一次说书桌不能放在客厅，因为他要工作的时候我在客厅看电视会影响他，我心里这是一撮火，那你怎么

不说买个大点的三居带个书房啊！这不是没钱买吗？卧室本来就够小了，那么小怎么放得下书桌啊？我还不是想让卧室看起来大一点，睡得舒服吗？

我刚开始表现得有点不高兴，没想到他后来就变本加厉了。浴室门我要用蓝色磨砂玻璃，他偏偏跟我说要贴一幅裸女图！这是要瞎了我的钛合金狗眼吗？我家又不是八十年代老干部风！你说这要是他的同事、朋友到家里来，看到浴室门上是个裸女，会怎么想他啊？丢脸丢光了。我偏不让，没想到他直接让软装公司把贴纸买回来准备开工了！后来他工作半途回来了，说不放心我盯家里软装，他要自己盯着。我和他就在一大堆工人面前吵起来了，我每天闲得不干别的了，专门给你盯软装，结果还这样对我，我气哭了。

我现在就想撒手完全不管了，反正我是不会住浴室门有裸女图的家的。看他能怎样？但是想想又气不过，凭什么？买房子的时候我家也出了钱的！

Riri

谋大人回信

Riri：

　　结婚之前，我一般会建议双方探讨一下人生观、世界观、价值观的问题，这些问题说大很大，说小了呢，都是实实在在的问题。

　　比如杨幂到底会不会演戏？郭敬明写的东西到底好不好？旅游是报团还是出国自驾游？以后有孩子了自己带还是给公婆带？

　　当然，也有这么一个问题：装修到底听谁的。

　　从你的来信描述，你现在当家庭主妇，没有去工作，所以你才会白天有大把的时间盯软装，但是你美其名曰"为了让他省心"，这种心态就不可取。

　　他心里还在想："这是用我赚的钱来做软装呢，凭什么我在浴室门上贴幅裸女图都不行了？"

　　在一段关系中，我们老是给自己冠以"圣母光环"。你的想法完美无瑕地体现了这种圣母光环："我来盯软装是为了让你认真工作，我每天累死累活是为了让你轻松，你却不知趣。"

　　你把自己的小心思撇得干干净净了吗？书桌放在客厅是不是为了让卧室看起来大一点，这样你好多放几个衣柜？你不让贴裸女图，是不是因为你喜欢那蓝色磨砂的海洋风吗？

　　你要做的，首先是放下你自己的这种"为了你，为了这个家"的心态。承认吧，你要这么装修，还不是为了满足你那点少女心思!

一段关系没有谁为了谁,每个人都有自己的小心思。装修如此,做爱如此,带孩子也是如此。如果你真的是"为了老公,为了这个家",那你需要坐下来,把你的想法认真地和他谈一谈,聆听他的意见,再权衡利弊做出决定,而不是斩钉截铁地说你的决定就是对他好的。

最后,我想说,浴室门贴裸女图怎么啦?你觉得低俗吗?放屁!很有品位好吗?我不觉得丢人啊!

谋大人

---
amor27 回信
亲爱的 Riri:

看完谋大人的回信,我只想说,呵呵。

在浴室门口贴裸女图,也真的只有谋大人才会觉得不低俗而有品位吧。您这是装修家呢,还是打造土耳其浴室啊?

尽管其余部分谋大人基本上是在扯淡,不过他倒是提出了一个很好的问题,那就是——

装修到底听谁的。

其实这也就是你在来信中最大的抱怨和关键问题,你和你老公对于装修都有自己的见解和诉求,从而产生了矛盾和分歧。

这其实很正常。夫妻柴米油盐的生活不就是由这些小打小闹、磕磕碰碰构成的吗?

我就不信了,你老公好意思往浴室门上贴裸女!

什么时候才能攒够黑钱买新房的 amor27

来信 29

新婚备孕中的我，
却不想放弃出国读书的梦想

两位大人好：

非常喜欢两位犀利又中肯、地道的态度，希望两位能就我的困惑给点意见让我参考。

如题，我是一个刚结婚正在备孕中即将三十岁的女人。单亲家庭长大的我，小时候家境不好，从小城市考入大城市读书，毕业后留下，一个人奋斗到如今，总算是生存了下来。去年结婚，老公对我很好，如不折腾，小日子也算是平平淡淡地幸福着，但我心里总是差了点东西。以前总想着要赶紧工作挣钱，并没有好好读书，更谈不上追求自己的梦想。可我一直想要去法国读书，这个念头从来就没消失过。去年开始，我利用不上班的一丁点时间，报读语言培训学校的周末法语班，从零开始，到现在有了一些进步，也更加确定自己不只是兴趣而已。从最开始只是觉得学好法语去巴黎旅游就能用法语去体会这个城市，到现在，很想把法语学好作为新的职业规划，比如法语翻译、同传、法国企业外贸等，具体的方向现在还没完全想明白，但如果能出去留学，想申请巴黎第三大语言学习。

那么问题来了：

第一，作为即将三十岁的女人，放弃现在的所有，从零开始，是否为理智的、对自己负责的行为；

第二，如果成了，也是对自己人生命运的翻盘，说实话，我确实想要拯救自己，我并不讨厌孩子和家庭，但我不想成为中国式普遍的已婚有孩妇女，在此没有歧视的意思，只是个人不喜欢。目前的情况是老公挣钱多于我，而且长远来看老公的发展会比我稳定，即使这样，也不能更多地改变家庭状况，我也希望能给家庭创造更多幸福。但我不确定这个想法会不会太异想天开，不踏实、不现实。

第三，照顾家人的问题。我现在的想法是在怀孕休假期间加强法语学习，待孩子生出来后我会辞职，和我妈全心照顾宝贝到两岁，同时加强法语学习并搜集留学相关信息、准备考试。一旦考试通过，拿到学校通知书，我就会准备出行，学成则回来（并没有要留在国外的想法）。目前老公是支持我学习的，但我并不确定他是否会同意我出去，因为他说的是等我考上学校再说。但我担心自己这样做的话太自私。一个是把孩子留给老公，可能会有两到三年的离开，一个是我自己的母亲，当然我还有个亲姐，但工作在外，侄子则是由我老妈养育，然后我和我姐住同一个小区上下楼，也就是我走之后，老妈和我老公得相互照顾。每每想到这里就会想自己是不是太自私。

第四，如果自己失败了，是否能承担时间成本。当然相对来说，这一点我会担心得少一点，因为我觉得不管怎样这也是人生的一种经历。

目前纠结的就是这些问题，如果没有结婚，如果不是老妈，当然如果我才二十五岁，那么我想我会义无反顾地出去，但现在会思前想后。虽然我现在的想法是不管最终成不成我都会先努力着，但内心里还是想要实现梦想，谁也不想白浪费时间，时间成本真是最大的成本。

想要重生却勇气不够的 Sue

---

amor27 回信

亲爱的 Sue：

对于梦想，我们一直以来坚持的态度都是：有梦想就去追寻，和你年龄几何并没有关系。

二十五岁的时候追寻梦想，当然是好的，一切都刚刚好，没有牵绊，也没有过多阻力。

三十岁了，你依然可以从头开始，哪怕到了古稀的年纪，也可以勇敢去追求。

但是，理想是丰满的，现实是骨感的。在你目前这种现实情况之下，我非常遗憾地告诉你，你的某些想法还是太过乐观。

按照你的计划，你想在怀孕休假期间加强法语的学习。我的大学专业主修的是英文，辅修二外是法语，也见惯了身边女生朋友在怀孕期间的各种反应和状态。

亲爱的 Sue，相信我，怀孕期间绝对不是学习外语的好时机。尤其是法语，阴阳性，各种时态变化，不怀孕的清醒头脑学起来都很艰难，更不用说你挺着大肚子了。

而你现在计划的是，全心照顾宝宝到两岁，然后全心投入到学习和出国留学中去。我身边的闺蜜也多得是这样计划的人生：

"等宝宝一岁了一定要断奶。"

"等孩子一大了就把他送回老家，我要过自己的生活。"

"等他两三岁我就可以去上 MBA 了。"

到头来，天然的母性让我这些女生朋友都成了孩奴，心甘情愿地放弃了之前的种种信誓旦旦。

如果你一旦生了孩子，我很担心同样的局面会出现在你身上。

但我最要劝阻你的是你的职业规划。也许你可以坚持你的梦想，生完孩子，学好法语，出国念了书，但是你的规划，"很想把法语学好作为新的职业规划，比如法语翻译、同传"，非常可惜，这是不现实的。

而阻挡你的，不是我，而恰恰是时间和年龄。

是的，我说过，追求梦想和年纪无关，但你的职业规划却和年纪有关。

你现在已经三十岁了吧，再怀孕生子，孩子到两岁，你再准备考试出国，再学习两年，满打满算，等你学成归来，至少已经三十六岁了。

而要做一名优秀的翻译或同传，工作时需要高度的专注力和相当的精力，因此同传的黄金年龄不超过三十五岁，而在那之后，因为老去带来的记忆力和反应衰退，会越来越影响工作的表现。

所以非常抱歉，当你三十六岁学成归来的时候，并不会有太多公司选择聘请这样一位高龄却又没有相关经验的翻译、同传。

我当然支持你出国留学实现梦想，但是对于职业规划，可能目前你想的并不实际。

亲爱的 Sue，是的，我们是要追寻梦想，但与此同时，我们始终是在一个现实的世界里面生活着的，仅凭一番勇气还远远不够。

所以希望你能够将事情想得再周全一些，再深远一些，多问一些有过类似经验人的意见，再做决定吧。

但依然祝福你，梦想成真。

梦想就是爱的 amor27

谋大人回信

亲爱的 Sue：

别听 amor27 瞎扯淡了，他完全没有理解你的来信中表述的意思。你说你学法语只是之后可能会从事"法语翻译、同传、法国企业外贸等"的工作，但是他一厢情愿地认为你只是为了去当法语同传。

就我看，你已经对自己的前途有了非常清晰的规划，现在，你只需要再完善一下你的规划的细节，并且放手去做，就好了。

我一个一个地说。

第一，去实现自己的梦想是对自己最负责任的行为。同时，请摒弃你自己"放弃现在的所有"的想法，因为，你做这个决定，并没有放弃什么啊。

第二，你提及的"我也希望能给家庭创造更多幸福"，前提是你给自己创造了更多的幸福。去实现自己的梦想，没有比这更幸福的了。你的丈夫和宝宝未来会为你骄傲，并且以你的幸福而幸福的。同时，去实现自己的梦想，这就已经不是"中国式普遍的已婚有孩妇女"了，在此，我没有歧视的意思。

我想，这一点上，你可能所指的更多的是经济层面。但是我觉得你大可不必从经济层面考虑，因为本身经济对你来说并不是压力。而且，相信我，这件事给你带来的意义绝对不仅仅是经济层面上的。

第三，你担心"自己是不是太自私"，我不觉得你自私。首先，每个人都是独立的个体，离开世界上任何一个人，他们的世界都会继续转，你这种离开还只是暂时的离开；其次，你可以做一个更详尽的计划，比如每天视频通话，和父母经常交流，每半年相聚一次等等——你的恐惧感是可以用更完美的计划来消除的。

第四，"如果自己失败了，是否能承担时间成本"，你唯一的问题，就是计较太多。也许你从这一段经历中，获得不了很大的经济回报，但是，这种经历给你的人生带来的价值完全不是一点点经济回报能够比拟的。它会让你更强大，更聪慧地面对未来。

Sue，我非常敬佩能够跳出自己的舒适地带而去追寻梦想的人。你的来信逻辑清晰、井井有条，我觉得你一定会成功。

顺便说一下，我上周才得知，有一个很好的朋友今年九月即将去美国读博士。她要带着她的宝宝一起去，她还要面临给宝宝找学区房等问题，苦读博士的时候还要接宝宝上学、放学。我想她遇到的困难一定不会比你少，但是我由衷地祝福她，也祝你做出正确的决定。

谋大人

来信 30

结婚生子之后，我却遇到了他

两位大人：

我已婚，有一个三岁的宝宝，老公是个没什么情趣的人，但是对我很体贴。原本我的生活应该风平浪静，虽然平淡，但至少会不出差错地过下去。

但是工作中我认识了他，他是一个比我小两岁的单身男生，风趣幽默又热情洋溢。我们工作不在一处，起初只是出差的时候他遇到我，加了微信后偶尔联系，很谈得来。之后会在见面的时候一起吃饭、喝酒。

我知道我是喜欢他的，但是我更清楚我没有喜欢别人的资格，于是我一直控制着我们之间的距离，我怕哪怕一毫米的误差也会让我搭建好的城墙坍塌。

就在一次公司聚会上，虽然喝了酒，但是在我们都清醒的情况下，终于出现误差了，我们 kiss 了。事后我很懊恼，因为这一个举动让我突然不得不面对我对他的感情，也让我更加不能摆脱这种可怕的心态。

跟闺蜜聊天，被指责哪怕是 kiss 也是出轨，这让我连自欺欺人的余地都没有了。

我该怎么办，是不是真的应该狠心拉黑？

XIXI

amor27 回信

XIXI：

你知不知道有这样一个概念，叫作合理性出轨？

结婚生子之后，时间久了，难免归于平淡。如果丈夫原本就没有什么情趣，作为新时代的独立女性，偶尔寻求一下婚外的刺激与欢愉，我并不觉得有什么过错。

反正那么多家庭伦理剧里面，男方出轨，最终回归家庭，都能赢得妻子和观众的原谅，还能够毫发无损地重新做回好男人。你又有什么不可以？

只要把握尺度得当，不动情，不损害实际婚姻关系，暧昧一下，亲个嘴，甚至肉体接触，男人可以，为什么你就要顾虑重重？

无论你是男生还是女生，今年几岁，结婚与否，有没有孩子，都请你记住一点：在不伤害别人的情况下，你都有追求快乐的权利，无论是在生活中，恋爱里，还是性爱上。

但重要的是，在此过程中，不要伤害任何人。无论是丈夫，出轨对象，还是你自己。

所以当然是不容易的啊，尤其对于女人这种注重精神多过肉体的生物来说，出轨而不动情，可能真的很难。

可是本来维持婚姻，甚至生活本身，就是困难的啊。

但并不代表因为风险，我们就一定要去规避。

关于婚姻和出轨，我推荐你看一下日剧《昼颜》和一部美国电影《不忠》，或许能改变一些你现在的想法，帮助你做出决定。

要不要狠心拉黑，关系是否要继续，如何面对丈夫和孩子，最终做决定的还是你，但无论你做出怎样的决定，亲爱的XIXI，答应我，都要把你自己的幸福与快乐放在第一位。

祝好。

午睡时间很困的 amor27

谋大人回信

亲爱的 XIXI：

我很气愤，别听 amor27 瞎扯淡了。出轨又不是出柜，没有所谓的合理性。什么"合理性出轨"，完全是瞎扯淡。

首先我想说的是，"老公是个没什么情趣的人""结婚生子之后，时间久了，难免归于平淡"，这些都不是出轨的理由。amor27给你提的解决方案更愚蠢，什么叫作"在不伤害别人的情况下，你都有追求快乐的权利"？记住，你在吻这个小男生的时候，你的老公是不知情，也不同意的。与此同时，他已经受到了一万点伤害。

"老公没情趣""生活归于平淡"这种事情显然我们都会遇到，但是我们仍然要尊重婚姻和爱情这样的契约关系。感觉没情趣和趋于平淡，那么你就去调情，你就去让生活不平淡，而不是给了你理由背地里偷偷摸摸地去吻别的人。

你甚至可以采用开放式关系，我并不认为开放式关系是出轨，而是从某种契约关系进入到另外一种契约关系。

在没有任何说明和前提下，你春心荡漾，今天kiss了，明天就会张开双腿了。

我很喜欢一部美剧叫《绝望的主妇》。

其中有个女主角Lynette，她的老公有一些"矮矬穷"的气质。我印象很深的是，有一季中她爱上了另外一个人。

但是最终她斩断了和另外一个人的关系，回到家中，把自己关进浴室，打开水龙头，然后大哭。

情感无法控制，但是人的行为是可以控制的。

XIXI，你现在能做的，就是评估一下自己对你老公和这个小男生的感情，然后做出抉择，而不是继续出轨。

至于对他的情感，回到家，打开水龙头，哭一通。然后该干吗干吗。

谋大人

来信 31

我还比不上
老公的一把吉他

亲爱的两位大人：

　　看了之前的一封来信，妻子抱怨丈夫没有情趣，也勾起了我的倾诉欲。

　　我跟老公大学时候就认识了，他是学校乐队的吉他手，留一头长发，在舞台上那个酷帅劲儿迷倒很多女生，也包括我。不过大学时候我就只是暗恋啦，后来毕业之后有几年没有联系，没想到去年在同学聚会上又重新联系上了，没多久我们就在一起了，然后去年底就闪婚了。

　　结婚到现在吧，我对他也不能说不满意，但是总觉得，现在的他跟大学时候舞台上的那个他，不太一样。没想到他在现实生活里是一个挺闷、挺没情趣的人，下班之后回家不是摆弄他那把吉他，就是打游戏和收集汽车模型。有时候我真还觉着我都不如那把吉他。

　　我要带他出去跟朋友聚会，他也不太愿意，完全不是以前在舞台上那个活力四射的样子。看好姐妹们总是在朋友圈晒老公又是买礼物，又是带她们去哪里玩。再看看我家这个，偶尔我会想，我是不是选错了？

我知道自己这么想不太好，求大人们骂醒我。

Lynette

---

amor27 回信

亲爱的 Lynette：

在你的来信中并没有描述你和你丈夫恋爱和结婚的过程，但我总有种感觉，你爱上的和你以为嫁给的，还是大学时候那个在舞台上拨弄吉他挑动少女心的那个他，而不是毕业之后，已经长大，走下舞台，进入现实生活的那个他。

甚至我可以说，在这段关系里，你老公成长了，而你却在原地踏步。你却还以为，是你在前进而他在退步。

生活不是摇滚乐，不是音乐节，不是灯光夺目的舞台，没有鲜花，没有掌声雷动，没有电光石火，有的只是脚踏实地地过日子。

我很喜欢已故歌手陈琳的一首歌曲《青菜鸡蛋面》，时常提醒我，生活中有的，更多的是像青菜鸡蛋面一样的平淡，却又细水长流。

Lynette，每个男人，每段关系，每段婚姻，都有自己专属的独特固定模式，以及对于幸福的定义。

也许，下班回家，拨弄吉他，玩模型和游戏，知道你默默在身边，对于你丈夫来说，就已经是一种幸福了。

难道你真的希望，他还是以前那个在舞台上风头无两，屁股后面追着一帮小女生的吉他乐手吗？我并不觉得那样的婚姻生活会让你觉得愉快。

至于和你好姐妹晒出来的幸福生活比，更是没有必要。我只能说，冷暖自知，你怎么知道，你好姐妹晒的甜蜜、秀的恩爱背后，没藏着委屈，没掩着心酸？

你又怎么知道，你好姐妹没偷偷在背后羡慕你，有个会弹吉他的丈夫呢？

很羡慕会弹吉他的人的 amor27

谋大人回信

亲爱的 Lynette：

既然你说"我知道自己这么想不太好，求大人们骂醒我"，那么我是来骂醒你的。

我最讨厌谋大人的事之一，就是看着碗里的，想着锅里的，而你就犯了这个错误。

你脑海中喜欢的是你少女时代那个弹吉他、唱情歌的酷酷的少年,那么他长不成那种"带着老婆出去玩,给她买昂贵礼物"的多金男朋友,怎么办?

我觉得,还是看感觉。既然你选择了一个会弹吉他,给你唱情歌的男朋友,如果你还爱他,你还觉得他的吉他和歌声能够给你带来慰藉,那么就不要去看闺蜜们那些"带老婆们出去玩,给她们买礼物"的男朋友们。

如果你觉得你成长了,吉他和这些歌曲都是青春往事,而你每天面对着他,有一种"为什么没有给我买卡地亚"的恨意,那么,趁早离婚,去找多金的、给你买礼物的男朋友。

但是,以我判断,你也并不是被现实打败的俗气之人,要不然你也不会下定决心嫁给这个吉他男子。

我还要告诉你的是,如果你老公"下班之后在家不是摆弄他那把吉他,就是打游戏和收集汽车模型",你忙着和闺蜜聊聊天,看看她们晒晒老公买的礼物,这也就是生活的常态。

生活其实并不是你老公的舞台,每时每刻都可以摇滚起来,生活,大多时候就是以上的常态。你所要做的,就是在平常中找到一点点有趣。

整日抱怨和感叹其实最没用了,你要努力去寻找这些小美好。

他喜欢打游戏,你就陪他打一次游戏。

插播一下,有一阵子我特别喜欢玩"太鼓达人",女朋友很贴心地陪我去大悦城英雄联盟玩了一整天。然后第二天我就去给她买了个 Tiffany 的戒指,嘻嘻。

他喜欢收集汽车模型,你就带他去汽车模型的商店,去看车展。

他喜欢弹吉他,那么你也可以……陪他弹奏一首啊!

谋大人

来信 32

五年了，
感情生活如同死水一般

贱嘴：

前天是结婚五周年纪念日，老公当作什么事儿都没有一般地过了。可笑的是，我居然一点都不愤怒。

五年来没有什么惊心动魄，也没有什么大波折。老公是个居家好男人，很爱我。但是我对他的情感，怎么说呢，似乎越来越淡。

都说七年之痒，七年还不到，我们也没有痒，我只是觉得感情生活就如同死水一般。每天上下班，只有晚上一起吃饭，面对对方都没有什么说的，连吵架都吵不起来。

有时候看着别人的男朋友，觉得好贴心，想突然来个外遇什么的，想逃离这一切。觉得自己挺恶毒的。

禅恋子

谋大人回信

禅恋子：

你是挺恶毒的。不是因为你有"外遇""逃离"的想法，而是你对你自己挺恶毒的。

你很清楚自己想要什么样子的感情和生活，但是又把自己放在这摊死水中，不肯脱身。

一段如你所说那般的感情，最终都会慢慢地变成亲情，变成过日子中间冒出的那些琐碎和无聊。你说你们结婚五周年了，是啊，我觉得，你可能从第二年、第三年，或者从结婚的那一刻开始就厌倦这样的情感了。

有些人适合细水长流般过日子的情感，不惊不澜，就像小火炖鸡汤，温热就好。但是有些人，比如说你，可能期待每天都过得跟麻辣鸡的 rap 一样大起大伏，充满戏剧性！有没有被我这个比喻所惊艳到，嘻嘻。

没什么谁对谁错。你要做的，就是弄清楚你自己到底喜欢什么样的情感。如果你选择了和你老公这样五年婚姻，过得波澜不惊，那么就好好享受这种小日子的幸福。如果你确定自己喜欢充满戏剧化的情感，那么就离婚，去找真爱。

张爱玲说，所有男人都有两个女人。娶了红玫瑰，久而久之，红的成了墙上的一抹蚊子血，白的还是"床前明月光"；娶了白玫瑰，白的便是衣服上的一粒饭粘子，红的却是心口上的一颗朱砂痣。

所有的女人也都有两个男人：小火炖鸡汤和麻辣鸡。跟了小火炖鸡汤，就想着麻辣鸡的粗口大 rap；跟了麻辣鸡，又想着小火炖鸡汤的慢炖飘香了。

谋大人

--- **amor27 回信** ---

亲爱的禅恋子：

虽然谋大人自鸣得意地想出了"小火炖鸡汤和麻辣鸡"这个比喻，但依然掩盖不了他回信的本质就是在扯淡。

什么"如果你确定自己喜欢充满戏剧化的情感，那么就离婚，去找真爱"，放屁，这是解决问题的方法吗？

依照谋大人的说法，每段感情终究都要归于平淡，那离了婚，找到真爱，再过个五年，还是会变得平淡无味喽。到那时，怎么办，再离婚，再去寻找真爱吗？

禅恋子，其实你的问题在于，明知道感情流于平淡，却不做任何尝试去努力改变，只是任由感情就这么淡下去，只是抱怨，而不行动。

不知道你爱不爱看美剧，其实很多美剧都和感情一样，开头时轰轰烈烈，到了第五季的时候，难免遇到瓶颈，剧情老套，演员失去新鲜感，观众也逐渐失去兴趣。

这时候，聪明的美剧编剧们往往就会来点新鲜元素，比如加个新演员，剧情来个三百六十度的惊天大转折，然后，平平稳稳度过瓶颈期。

其实，并非所有感情都只有平淡一条归路的。五年了，并不代表，你就不能对这段关系做出改变，添加一些新鲜的元素。

每一段关系其实充满了无限可能，就看你自己如何去拿捏，会呈现出不同的色彩和姿态。

亲爱的禅恋子，与其抱怨婚姻生活平淡无聊，不如付诸行动来改变，来点新鲜的。

喜欢新鲜的 amor27

来信 33

我辛辛苦苦去兼职拉活儿接客，老公却一点都不觉得不妥

亲爱的贱嘴：

第一次尝试写信给你们。我和老公是高中同学，恋爱，结婚，生子，在一起十六年了。我外向强势，他内敛低调，大部分时间我们自己和周围的人都觉得我们很好，生活稳定，收入也可以。

但我的收入一直比他高，今年我又开始用晚上和周末的业余时间开"优步"，想趁年轻多赚点。但我老公不喜欢开车兼职赚钱，他觉得太辛苦，他认为白天上班，晚上管儿子作业，好好休息就可以了。于是我就都自己去开。一开始他会叫我不要去开，特别是晚上女生开车拉客人不安全，半个月以后他就不反对了，会说早点回来，再过半个月会问"你今天不去开车吗"。

我其实也觉得累，可是自己想要的太多，也不想勉强他。只是现在两个月了，乘客经常会说："女司机很少耶，

你这样太拼了，老公舍得让你出来开车啊"之类的。一开始我也会满满正能量地回答，但时间久了会身心俱疲，就算我每天赚的钱是老公的三四倍，回到家他基本都已睡着了。我心里经常会有说不出来的滋味。

其实我们有两套房，生活也还可以，我现在矛盾的是我到底要不要这么累，又怕一旦停下来再出发时会更难。我该怎么办？

疲倦的女司机

amor27 回信

亲爱的女司机：

你的来信中，其实提了两个问题。

第一个问题是你现在生活稳定，收入可以，还有两套房，需不需要让自己这么累？

我的回答是，不需要。

就像我经常和谋大人说的那样，生财有道的同时，也要学会享受生活，学会对自己好一点。

只有这样，金钱作为身外之物才能发挥出其价值，而不是奴役你。

要不要趁年轻时候赚钱？要。但是如果要以牺牲生活质量、健康、家庭幸福之类的作为代价，那我宁可选择不要。

当然，你在来信中最主要的问题还是和你老公之间的。

你说你察觉到他在慢慢地改变，从最初的阻止，到后来的不反对，到最后的催促。可是，你期望他怎样呢？

首先，这所有的选择不都是你的决定吗？你老公并没有要求你非要怎样。

那你又期待你老公怎样呢？对你感恩戴德，每天嘘寒问暖，为你端茶倒水，把你当作大功臣来对待？

别傻了，这个世界上没有什么应该与不应该，尤其在感情问题上。

你对家庭含辛茹苦地一腔付出，他没有义务一定要感恩接受。

就像一方的全情投入，并不一定就能换来对方持之以恒的回应。就像曾经有人对我说的：两个人的步调一致，是多么困难的事情啊。

你爱他，他并不一定非要那么爱你。

你热情，他未必需要一直主动回应。

你辛苦，他没有责任非要感激和珍惜。

这简单的道理，我们又怎么会不懂呢？只是可惜，我们都太贪恋于那步调一致的美好。

我在拉萨的这几天，去了布达拉宫和大昭寺，遇到两位有趣的当地藏民导游，与其说他们在导游讲解，更多的在施教布道，不经意间，我听进了很多佛法箴言。

是啊，绝大部分的我们的不快乐，都是源自我们的贪、嗔、痴，所以我们才饱受生死轮回之苦，沉沦欲海而不自拔。

你生活可以却还要去兼职开车是贪，自己做出的决定又频频后悔是嗔，埋怨丈夫不谅解又是痴。

你贪、嗔、痴全部犯齐，又怎会快乐？

期望自己可以不犯贪、嗔、痴的 amor27

谋大人回信

女司机：

人生尴尬之事，除了下班后要去当女司机之外，还有遇到去一趟西藏就教导贪、嗔、痴的心灵导师了吧！

amor27 大概是把自己当作青蛇了。

让我来回答你提出的两个问题。

第一个问题，要不要趁年轻时候赚钱？要。但是如果要以牺牲生活质量、健康和家庭幸福之类的作为代价，不要。但是对于你的情况，你并没有牺牲生活质量、健康和家庭幸福，而是你自己的心态没调整好。

这就涉及第二个问题，你老公对你去当女司机这件事情的看法。

的确，这件事情是你的想法，你也去实施了。当然，我也同意 amor27 说的，你老公并没有义务对你感恩戴德，每天嘘寒问暖，为你端茶倒水，把你当作大功臣来对待。

但是，关键问题是，对方是否对你为你们所做的事情"appreciate"。

appreciate 这个词语我觉得中文很难翻译。很多人理解为"感激"，但是我觉得还包括更深刻一层的含义。这种 appreciate 的情愫可能并不仅仅包含在"每天嘘寒问暖，为你端茶倒水，把你当作大功臣来对待"这种行为里。如果简单地说是行为或者语言上的"感激"，未免太功利了。这种 appreciate，只是一种爱人之间的感觉，双方都能体会到。

如果你没有体会到这种感觉，那么更重要的来了，你们需要沟通，而不是像 amor27 扯的那样，心里强迫自己接受"你对家庭含辛茹苦一腔付出，他没有义务一定要感恩接受"这个观点。毕竟你们是夫妻，你们需要在一些事情上达成共识，才能继续一起生活，共同成长。

怎么沟通以及解决呢？好，没有情感的体会，那么就量化一下。先明确你期待你老公应该在你们的关系中担任的角色，在你去做兼职司机这样的情况下，他应该完成哪些事情来帮助你，减少你的焦虑。

最起码在你回家的时候，他给你削一个苹果吧。

你一直觉得自己出去赚钱，回家看见已经睡了的老公，你心里不平衡，久而久之，会发展成"圣母婊"——凭什么我出去赚钱，你在家里什么都不管？

但是如果你一直说服自己"这就是我的选择啊，我就该这么做啊"，不去沟通，久而久之，你老公也会把这些当作理所当然，这段关系也就会失去平衡。

在《绝望的主妇》里，我最喜欢一个角色，是 Lynette 的蠢老公 Tom。

有一段时间，Lynette 出门工作赚钱，Tom 变成了家庭妇男带孩子。Lynette 也纠结过这种状况，但是她并没有给自己催眠，强迫自己接受"这就是我的选择，我必须自己承担"，而是去和 Tom 沟通。

而 Tom 的真正想法，也让 Lynette 越战越勇。

希望你和你老公，也能一样。

谋大人

来信 34

老公是不是
遇到了"心机婊"?

亲爱的贱嘴和好东西:

你们好!一直默默关注你们公众号的文章,每一篇都很有代表性。犹豫再三还是决定给你们写这封信,期待收到两位大人的回复,更希望你们的回复能点醒迷途中的我,对我有些许指导意义,将万分感激。

我和老公的婚姻在波澜不惊的状态下稳稳走过了七年,我们可爱的女儿也快六周岁了。老公是个非常顾家的男人,家中大事小事他都安排得井井有条。我呢,是属于那种蠢直型的女人,会默默做很多事,但不会表现自己,通常都是做的比说的多。但我在感情方面却是个很骄傲很敏感的女性。

两年前老公开始创业,我们就过着周末夫妻的生活。去年他换手机后手机屏幕就设置了密码保护,我不能像往常一样随心所欲看他的手机(之前我们俩的手机都是可以相互随意看的)。某一天,我因事要用到他的手机,他自己打开手机给我用。用完之后，我本来是想看看他相册里孩子的照片，没想到无意中看到一个漂亮女孩的正面照，无论取景还是角度都是完美的，那是他和女孩子出去玩的照片。当时我压抑住心里的怒火，只问了一句："去XX地方玩得开心吗？"他说："你看到照片了？那是我同学的照片，我们一行四个人，同学让我给她当导游。"他就这么淡淡地解释了一下。我算了一下时间，出游的那天是周六，当天我还给他打电话问他回不回来，他回答我说不回来。结果半夜十一点多回来的。半夜十一点多回来的！半夜十一点多回来的！

为此，我们冷战了一个星期，第二个星期他回来后主动跟我说他和那个女孩子的事情，说他们只是单纯的同学关系，怕我瞎想就没和我说。单从这件事情上我并不能确定他的心是否已经不在我身上了，所以我也没有揪着这件事情不放。不过，从那以后我就无法淡定了，总会想如果老公的心思已经不在我身上了却还保持着婚姻关系，那是我最不能忍受的一种状态。越想越得不到答案，我开始试图解开老公的手机密码，一段时间之后，我终于解开了老公的手机密码（还是有些小庆幸，原来老公的手机密码居然是我的QQ号）。之后，我开始偷看他和那个女孩的聊天记录。他们居然一直都有很频繁的交流，但也没有涉及敏感话题。我只是这次觉得不一样了，看到的聊天记录让我觉得这个女孩子就是个"心机婊"，故意勾引我老公，她告诉我老公她怀孕了，而我老公也有点心动的意思。好烦恼啊！不能忍受老公朝三暮四，却又无法拯救自己的灵魂。在我的概念里，如果结婚了就应当自动屏蔽周围的异性朋友，浅交即可，这是应有的忠贞。

小雨

谋大人回信

小雨：

说实话，我觉得你有点毛病。

首先，你和你老公之间没有界限感。对于大多数中国人来说，家庭成员间都缺乏界限感，这是造成大多数家庭苦恼的原因之一，比如说这一封来信《来信 | 老公在婆婆面前脱得干干净净，你们不觉得奇怪吗》，我们也可以说是她婆婆和她老公之间没有界限感。

对于你，你说"之前我们俩的手机都是可以相互随意看的"，这就犯了这个毛病。

虽然大多数人默认翻情侣或婚姻伴侣的手机是正常的，但是谋大人我要义正词严地告诉你："翻翻翻，翻你个鬼啊！"在没有对方同意的情况下，随意翻看对方的手机、日记、信件等隐私物品，都是极其毁灭性的行为，即使是父母和孩子之间，老公老婆之间，也是这样。

而你居然还不知廉耻地说一句"我开始试图解开老公手机密码,一段时间之后,我终于解开了老公的手机密码",我也真是想翻个白眼。

很多婚姻中的蠢男和蠢女,还有一种观点是:我不会翻看你的手机,但是你必须告诉我密码。这也是众多蠢中的一种,这种行为的潜台词是"你以后肯定会有第三者给你发短信,所以为了防此发生,我必须有个保底"。这其实说明了这一段关系中毫无信任感,你们还恋什么爱结什么婚啊。在此提示,以防有人再犯。

其次,你和你老公之间缺乏有效的沟通。当你看到他手机里有女孩照片的时候,你第一反应不是去问问她是谁、这是怎么回事,而是拐弯抹角地问"去××地方玩得开心吗"。我最讨厌听到这种说话语气,我简直恨不得打你两巴掌。

如果你认为这是重要问题,你要诚恳地,有效地和他去沟通,而不是用这种带有讽刺口吻的语气去拐弯抹角地质问。

你居然还大言不惭地提到"为此,我们冷战了一个星期"——亲,冷战才是婚姻杀手好吗?

第三,我来说一下你老公遇到的状况。

你谈到"我的概念里如果结婚了就应当自动屏蔽周围的异性朋友,浅交即可,这是应有的忠贞",抱歉,我认为,"忠贞"并不是这样。人和人之间的关系有很多种。一段婚姻给一个人的是爱情,但是爱情并不等同于良师益友,并不等同于灵魂伴侣,也不等同于红颜知己——请对异性之间的其他关系有一点信心好吗?愚蠢的人类。

如果一个人结了婚,就自动屏蔽异性朋友,浅交即可,那这个人的人生该多无趣啊。

而我认为,"忠贞"是一个极其虚无缥缈的概念。拿什么来判断你的伴侣是否忠贞呢?

感觉。

人对人的感觉都是非常准的,尤其是在一起生活多年的夫妻。他有没有背叛你,其实你能从他的言行举止中察觉出来。如果凭借短信啊、存照片啊这些来判断,那么你和他的关系就会流于生活琐碎。而一段真正好的婚姻关系,是两个人在心智上共同成长,而不纠结于琐碎。

最后,这位和你老公勾搭的女生,到底是不是"心机婊",其实并不重要,重要的是你应该如何去面对和你老公的这一段婚姻关系。

谋大人

--- amor27 回信 ---

亲爱的小雨:

作为一名习惯性偷吃不擦嘴然后被抓包的渣男,谋大人纯粹是在扯淡。

既然你在来信中说到"之前我们俩的手机都是可以相互随意看的",那说明,互看手机这件事情在你们夫妻之间是相互允许的。既然人家老公都不觉得怎么样,作为外人的谋大人,又在那边卖弄他所谓的界限理论。

我只想对他说,关他什么屁事。小雨,你最大的问题,并不是翻看老公的手机,或者和他冷战,虽然这两种行为,我也并不推荐。

你的来信让我感觉最不舒服的,是你对于疑似老公出轨对象的描述——"心机婊""故意勾引"。可是,从你的描述之中,我既看不到她的"心机",也看不到"勾引"。

我只看到,一个被传统观念束缚的、气急败坏的绝望主妇,那就是你。

有人说2016年是女权元年,无论是社会事件还是娱乐新闻,无论是传统纸媒还是微信公号,都洋溢着一股喜气洋洋的女人要独立、自主、平等的氛围。可是这股烟雾背后,仔细看,挥散不去的依旧是顽固的"直男癌"思想和腐朽的传统思维。

从昨天刷爆朋友圈的某化妆品广告就不难看出,独立不独立,单身不单身,结婚不结婚,依旧是主宰女性快乐不快乐,幸福不幸福,甚至光荣不光荣的标准。

看似进步地大声疾呼"剩女也光荣","剩女"这两个字,依旧闪耀着浓浓的腐朽意味。

而你的来信也再次证实这个观点,你说你自己"骄傲而敏感"，似乎是现代的女性，但一旦遭遇老公疑似出轨这种狗血剧情，你还是把一腔恨意洒向那个女人。

是啊，都是女人的错，无论是鱼玄机，还是潘金莲，犯错发贱的永远都是女人。而男人，永远是被勾引的，是无辜的，是一回头就可以被原谅的。

即便过了千年，到了现代，我们依然还是收到了这样的来信，老公出轨了，不问我们应该如何惩罚或者对付老公，而是上来就问，老公是否遇到了"心机婊"，所有的错，都推在了女人身上。

小雨啊，你自己身为女性，却选择轻视另一位女性，这样，又有什么资格来要平等，要尊严？

作为新时代的独立女性，当遭遇老公出轨时，你首先要问的，不应该是如何挽回老公的心，或是如何对付那个狐狸精。你需要考虑的首要问题还是你自己，作为一个独立自主的个体，你自己应该如何继续生活。

感觉你现在，把太多的精力和心思放在婚姻和家庭之上，所以才会整天疑神疑鬼。希望你可以放松一些，走出家门，更多地关注自己，更多地热衷于自己的生活。

祝精彩。

正在享受武康庭灿烂阳光的 amor27

不信任

是一段关系

的毒药。

Chapter C
女朋友

来信 35

喜欢的女生爱读小黄文，
是我小题大做了吗？

亲爱的贱嘴：

　　最近我很纠结。我在追求一个女生，虽然接触的时间不是很长，但是真的非常喜欢她，感觉两个人三观比较相符，聊得也都很开心。可是随着我们聊天的深入，我逐渐得知了她有一个与（fei）众（chang）不（qi）同（pa）的爱好——看小黄文。

　　我一开始不太相信，因为她给我的感觉就是很纯良而且很开朗的妹子，没想到内心这么奔放。她经常会分享一些小黄文给我，问我感受，我不知道这是不是一种暗示。不仅如此，平时聊天的时候，她也喜欢开黄腔，而我往往会觉得有点尴尬。

　　我并不是非常保守、脱离时代的人，也不是"直男癌"患者。我能理解一个女生看小黄文，但是这让我内心总是有点拒绝，可能我自己平时不是很喜欢"污"的话题，也比较克制，不会在和异性的沟通中开黄腔、说粗口，即使是和朋友一起也很少。

但不得不说,让我因此就放弃她也很难。由于之前感情的问题,我自己处在负面情绪中很久了,现在感觉就像有希望的曙光。是我在这件事上小题大做了,还是我确实要认真考虑?

一只纠结的山羊

amor27 回信

纠结的山羊:

虽然在来信中,你坚持自己不是"非常保守脱离时代的人",也不是"直男癌"患者。

可是,看完你种种表述,我只想说,亲爱的,你就是一个大写的"直男癌"啊。

在我看来,事情非常简单,你看中了一个姑娘,追求,老找人家聊天,然后姑娘大概也动了心,开始热情回应,但是你闷骚、装纯,姑娘就给你发个小黄文,挑逗挑逗你,然后你就受惊了,觉得姑娘怎么能这样。

可是,山羊,你怎么能这样?

我觉得,暧昧期间,或者恋爱当中,两情相悦的两个人互传个小黄文,开个小黄腔,完全是无可厚非的事情啊。

难不成，你想跟姑娘搞对象，就是拉拉小手，在湖边看星星、看月亮？

拉倒吧你。

还有你那句，"因为她给我的感觉就是很纯良而且很开朗的妹子，没想到内心这么奔放"，也让我感觉非常不舒服。

喜欢看小黄文，就是不纯良、不开朗了？难不成，你也从不看小黄文、小黄片？

按照你这种说法，成天爱发黄色表情的谋大人，岂不是罪大恶极、思想极其龌龊？

但是，这并不影响他成天蹭着我的公号捞黑钱。

就好像，你喜欢的女生爱读小黄文，也并不影响你和她之间正常的交往。

如果要说真的有什么问题，那也只是你有问题。

但还是很烦谋大人发黄图的 amor27

谋大人回信

纠结的山羊：

你就是个纯种的"直男癌"。

你说"我开始不太相信，因为她给我的感觉就是很纯良而且很开朗的妹子，没想到内心这么奔放"，你的意思是，这个姑娘表面上看起来很纯良、很开朗，没想到她读小黄文，内心是个淫魔。

我再说一次,"很纯良、很开朗"这个表象和喜欢读小黄文没有任何关系。

即使她私下很豪放，和"表面上很纯良、很开朗"也一点关系没有。

实际上，喜欢性、爱好和性相关的一切，和"很纯洁""很开朗""道德败坏""淫荡""放荡"这一类评判性的语言，一点关系都没有。

其实，关于性和表象，有一个更值得我们思考的问题。

在美帝，我最喜欢的一条生活和社交准则，就是：Don't judge.（不要评判。）

你自己看看你对你的这个潜在女朋友有多少评判——"很纯良而且很开朗的妹子，没想到内心这么奔放"。

因为你评判别人的时候，会让自己看起来像个蠢货。

同时，这种行为让你没有时间和空间去真正地了解一个人的多个棱面。

所以，你问我这件事是不是小题大做，我觉得不仅是小题大做，而且蠢得可以。

最后，来一枚彩蛋。我要给自己洗白一下啊。我老是说 amor27 是个死胖子，这不是 judge 啊，这个是 stateafact（陈述事实）。

谋大人

来信 36

我被女朋友
"换季换衣橱"的习惯震惊了

两位:

  我和女朋友的问题是价值观的问题。我们是通过朋友介绍认识的,在一起已经三个月了,一个月前刚刚搬到一起。

  我们刚刚搬进去的时候,我被她"极简"的衣柜所震惊了,在我脑海中女生都是衣服鞋子包包一大堆的(我的前女友也是),但是当时是冬天,她的所有衣服加起来也就半个小衣柜吧。我觉得她真的是我理想中的女孩子,不虚荣浮华,不过分追求衣服、包这些物质的东西(从小我父母也教育我不要过分追求物质,能省就省,找姑娘也不要找特败家的)。我当时暗暗下定决心一定要对她好,给她完美生活。

  但是最近我才发现她的秘密。有一次周末我打球回来,发现她收拾出两大包衣物,她说换季了,这些旧衣也就不用了,该扔掉了。我特别惊讶,这些冬季的衣服收起来,来年也是可以穿的啊。她不仅把她自己那些毛衣、羽绒服都扔了，连我的也要往外扔。我很生气，然后你一句我一句就吵起来了，她还说她以往都是这么做，一换季就把以前的衣服还有不要的都扔了，我觉得特别不可理喻。

这么想想根本不节约啊，真是失望。

旭

谋大人回信

旭：

扔几件衣服，这他妈的能是价值观问题吗？

她只有一个简单衣橱，最后你发现原来是爱乱扔东西，你的气点可能来自于一种反差感——原来以为她是节省，没想到是另一种铺张浪费。其实你心底对买衣服、包这件事也没有那么介意，否则，你为什么还愿意和你括号中的"前女友"交往！

如果不影响正常生活的情况下，换季就换衣橱本身就是一件很值得提倡的事情啊。

有个统计说，你的内裤每穿一个月，上面就会残留0.1克大便，你穿了一个冬天的内裤很有可能已经全是屎了，只是你自己还不知道而已。你女友扔了它们，那是对你好。

我不知道你们的经济状况如何，买衣服是你掏钱还是她自己掏钱。如果是她掏钱给自己的衣橱换季，你就别拿你爹妈那一套"能省就省"的理论来要求她；如果是你掏钱的话，那就给自己做好心理建设。

再说一次，消费理念不同并不是所谓的价值观不同。恋爱本身就是一个双方磨合的过程，不要动不动就上升到三观不一致。

谋大人

―――――――― amor27 回信 ――――――――

旭：

在所有来信当中，抠门、没有生活情趣又爱上纲上线的蠢笨"直男癌"来信，是我最讨厌的一类。你的来信，几乎把这些方面都占全了。

首先，你的择偶标准就非常有问题。

什么"不虚荣浮华"，什么"不过分追求衣服、包这些物质的东西"，就是你理想中的女孩了，让我来敲碎你的美梦。

普天下（不知道为什么我很爱这三个气势磅礴的字眼），就没有不爱衣服、包的女孩，除非有两种可能性。

要么没有颜，要么没有钱。

我想任何一种可能性都不会成为你理想中的女孩吧。

可是，爱衣服、包怎么了，稍微奢侈一些怎么了？每个女孩都有权利对自己好一点。你可以选择不宠溺、不疼爱她，但你不能剥夺她这一点权利啊。

你们刚刚同居，应该彼此经济还是独立的，她用自己的钱选择让她的衣橱变得简洁，并根据季节的变换而美丽，这是天经地义、无可厚非的事情啊，更不必上升到什么价值观的层面。你们现在出现的这些问题，是每一对新鲜同居爱侣都会遇到和需要面对的。

两个原本陌生的人，突然坠入爱河，住到一起，每天同进同出，生活方式和起居习惯是有很多需要磨合与调整的啊。

有没有起床气，谁做饭谁洗碗，睡前会不会刷牙，睡觉会不会磨牙和打呼噜。有那么多的彼此不同和不适应，需要慢慢配合。

现在只不过一个小小衣橱，你就生气了，吵架了，觉得不可理喻了。亲爱的"直男癌"，你要如何去面对未来同居生活中更多的挑战和难题呀。

当然，你女朋友也有不对的地方。她在清理你的过季衣物之前，应该先询问你的意见。如同你没有权力对她的换季换衣橱评头论足一般，她也没有权力随意处置你的衣物。

不过我猜，十有八九，你女朋友是受不了你作为"直男癌"患者的坏品位，借机处理掉你衣橱里那些糟糕的过季衣物。

因为从你来信中透露出的点滴信息来看，你真的是没有生活情趣和品位啊。

我想你一定不知道，日本有一个叫作"断舍离"的生活哲学概念，尤其在换季这样重要的时间转折点，更应该舍弃一些不需要的、过时的和臃肿的东西，才能够更好地轻装向美好生活前行。

我想你也不会了解，换季这个词对于女生和时尚的重要程度。

春天来临，整个世界都是新的，总需要新的风格、新的时尚、新的颜色、新的衣橱，才能搭配出新的美好心情来迎接啊。

而季节由冬更替到春，需要配合更换的并不只有衣橱而已。伴随转暖的天气、复苏的万物，新鲜的食材和应季菜肴也雀跃着上了市，比如长江的时令河鲜，比如上海这个季节最好的腌笃鲜。

如同你女朋友的衣橱一般，无论中餐、西餐还是混合菜系的餐厅，都在这个春天来临的时刻，用全新的应季菜单做好迎接的准备。

旭，在你的来信中，你说要对女朋友好，给她完美的生活。满足她在物质方面的需求这一点短时间之内我看你也无法做出转变了，那至少带她去城中热门餐厅，用一餐满溢春色的应季美食为那次争吵做出弥补,顺便说出你爱她。

希望你莫辜负这大好的春光,莫让春日虚度。

半夜饿着肚子写稿现在很想吞下一大锅腌笃鲜的 amor27

来信 37

不给女朋友买贵的衣服、吃好的餐厅，我就不是一个好男朋友了？

两位：

我最近开始交往的这个女朋友，长相、身高、学识都不差，但是恋爱一个月之后日渐发现问题。

我的这位女朋友比我小三岁，感觉从小被父母疼大的，在吃穿上比较讲究。每次约会，我们基本上都是去大商场逛街，她经常买的那些衣服和东西，价格在我看来都是挺高的。她想要去吃的那些餐厅都挺贵的，我觉得有些华而不实，毕竟我们刚毕业没几年，收入都不是很高，我觉得吃饭还是要以营养和实惠为主。前两天我们吵架了，她一着急说出了心里的真实想法，觉得跟我在一起特别没有生活情趣，买东西我从来不付钱，也不带她去好的餐厅。我就不明白了，难道不给她买贵的衣服、吃好的餐厅，我就不是一个好男朋友了吗？

我还应该继续跟她交往下去吗？

京京

谋大人回信

京京：

谈恋爱这种事情，多多少少都会和钱沾上关系。你看，你描述的状况是"觉得跟我在一起特别没有生活情趣，买东西我从来也不付钱，也不带她去好的餐厅"，你重点挑了买东西你不付钱来解释："她经常买的那些衣服和东西华而不实""我觉得吃饭还是要以营养和实惠为主"。我去，吃饭以营养和实惠为主，这种话你也说得出口，我要是你女朋友我就踢了你！

其实，这一段话中，她要指明的关键是"觉得跟你在一起特别没有生活情趣"！生活情趣才是关键，而你却只看到了买东西和下馆子，是的，可能你并不是大富大贵，你内心的小自卑隐隐作祟，你疯狂地找出一些理由来掩盖，你甚至怀疑要不要跟你女朋友继续下去了。

听我说，如果这个女朋友真的是你喜欢的那一款，坐下来，和她好好谈谈，告诉她你虽然经济实力上有一些跟不上，但是你们一起努力，以后一定会很美好。

而对于你自己，你也要认真地考虑你们的生活情趣。除了买衣服、下馆子，还有很多很多制造情趣的方法，你可以给她做一吨饭，你可以给她叠内衣，你可以给她做按摩，你如果是个程序员，可以给她写一段优美动人的小代码。你们这些傻直男怎么就是不明白呢？

谋大人

------ amor27 回信 ------

亲爱的京京：

  我同意谋大人说的，虽然他的语言一如既往的粗俗不堪，还把"一顿饭"写成了"一吨饭"，虽然女朋友不顺你的心意，倒也不至于要撑死人家吧，你倒是吃下"一吨饭"给我看看啊。没有我，真的是一团散沙啊。

  两个人在一起，钱是必不可少要涉及的一个方面。又不逛商场，又不买东西，又不吃好吃的，估计两个人天天待在屋子里"嘿嘿嘿"就遂了你的心意了。

  当然，"钱"是恋爱中必要一环节，但更重要在于一个"心"字。很多时候，女孩在意的，并非你为她一掷千金买下多好的东西（当然如果有也是极好的），或是带她去吃什么山珍海味（当然如果有也不会抗拒），而是在于，你送她的礼物、带她去的餐厅、安排的活动花了多少心思。

  在这一方面，虽然我很不愿意承认，但谋大人做得是极好的，否则他又丑又猥琐，也不能把颜值颇高的"女朋友"骗到手一骗就是四年。

  相信大家都还记得，去年这个时候，谋大人还在华盛顿过着坑蒙拐骗的生活，与"女朋友"分隔两地了一年，在圣诞节的时候，谋大人决定要送"女朋友"一个特别的礼物。

  什么样的礼物才算够特别，值得铭记，亲爱的京京，如果按照你的思维，那一定要价值连城，不是夏姿陈，就要是

Tiffany。但最后，出乎我们意料，谋大人自己拍摄、剪辑了一段小视频，让他在华盛顿来自世界各地的朋友们，对"女朋友"讲出圣诞祝福，并最后相约在星光相见。

所以现在相信你能够明白了吧，恋爱中，一个"心"字，远比"钱"字来得重要。

乞求一颗心的 amor27

来信 38

我是女生，
喜欢的人是"基佬"

Dear 贱嘴和好东西：

关注你们好一阵子了，喜欢你们多角度的时而正经时而有趣的观点，还喜欢你们有时分享的影评文章。

给你们写信主要是说我最近的一个困扰，其实我知道这件心事最好的解决方式，可能我只是想找个窗口诉说，我的问题叫：爱上"基佬"我心好乱。

听着是不是就好悲剧啊哈哈哈，好啦可能还没爱到那么深，但就是很喜欢他。第一悲剧的是他是 gay，更悲剧的是他有交往时间不短的稳定男友，更更悲剧的是，我还不是最近才开始喜欢他的，两年前我就喜欢他了。当时有一阵子我天天对日记诉说感情，特别折磨，喜欢了一年之后慢慢淡掉了，日记也撕的撕、扔的扔。结果最近一次聚会中又被他的贴心打动（不确定他是否关注你们了所以细节先不说了啊）。

我和他算经常见，日常会见到，聚会也不算少，单独约比较少，多数是三四个朋友一起。总体而言，我喜欢他的点就是他贴心、有素养和有趣，我们也有部分共同兴趣。

作为一个每次恋爱经历都是被追求的女生，我为他也是做尽各种从未做过之事，当然，多数是他不知道的。从未想过让他知道我的心思，知道无用，平添烦扰，而且会毁了朋友的关系吧。知道对于保守秘密最可靠的是陌生人和自己，所以共同的最好朋友我也没说过。

有时聚会聊开心了，朋友们会互问情感经历什么的，别人可能是八卦心，我却是真心想了解他一点，再了解他一点。

因为担心他关注你们而看到，所以很多细节和具体事情我也不好讲，说到这里也不知该说什么了。两位大大要觉得有什么话可以跟我说那我洗耳恭听，要是没被翻牌，我应该也会让这件事继续烂在肚子里。

感谢！

心很乱的 S 小姐

谋大人回信

心很乱的 S 小姐：

你的来信很美好，我把它传到智囊团群里，大家纷纷都表示，人生多短暂，努力去爱就好了。智囊团里都是美国文化的超级大粉丝，大家都提到了一部美剧，叫 *Will&Grace*。这一部美剧讲的是一个正常"基佬"Will 和一个女孩 Grace 的日常。我刚毕业的时候看过，不同于《老友记》一般温暖，*Will&Grace* 里充满恶毒、贱兮兮的相互讽刺的喜剧效果。但是我们都觉得，Grace 心底是爱 Will 的。

我印象特别深的是，有一次他们吵架，Grace 说要搬出去住。来来回回折腾了几次，最后 Grace 满脸委屈又可爱地提着自己的行李箱，回到她和 Will 的公寓里，一声不吭地走进房间，Will 坐在沙发上看报纸，当作什么事都没发生过一样。

全场哄笑。

但是那一刻，我觉得好温馨啊。

你说"结果最近一次聚会中又被他的贴心打动"，我觉得，他也是爱你的，只是他不想要你的肉体而已；而你对这只"基佬"的爱，虽然得不到他的肉体，但是不也挺美好的吗？

还有什么比这更他妈的浪漫的事吗？

最后，我也要提醒你一下：小心他的男友抓花你的脸。

谋大人

amor27 回信

亲爱的 S 小姐：

最近谋大人的人设有点混乱啊，一贯犀利贱嘴的谋大人，居然能说出"我觉得，他也是爱你的，只是他不想要你的肉体而已；而你对这只'基佬'的爱，虽然得不到他的肉体，但是不也挺美好的吗？"

"还有什么比这更他妈的浪漫的事吗？"这不应该是我的台词吗？

不过，在爱上 gay 蜜这个问题上，我可不会像谋大人搅屎棍子一般地说出温暖鼓励的话语。

我的立场非常坚定，就像我在《来信 | 他喝醉后微信向我示爱，结果发错了》中表态过的一样。无论是直女爱上同志，还是同志爱上直男，都请你们立刻打消这个念头，不要相信那些电影、小说里为爱超越性别的狗血，同性恋就是同性恋，异性恋就是异性恋，请在你自己的阵营里努力耕耘，而不是妄想去别的阵营分一杯羹。

是的，我也常常说，人生短暂，努力去爱，放手去爱。但是爱上 gay 蜜的结果，注定只是你自己徒劳浪费时间和心力。

相信我，他不爱你，也不会爱你，他只是把你当作好姐妹和同类而已，因为你们都需要男人。

不要再沉醉于自怜自艾和默默爱着对方、默默付出这种戏码了，你不是言情小说的女主角，因为没有哪一部言情小说的两个主角都争先恐后想当女主角的。用这些心力和时间，正正经经地找一个直男谈一场恋爱，或者哪怕只是找情人，也比你现在这般浪费强。

当然，相比较起无聊、无趣、无品味的直男来，gay 蜜自然是百般吸引你，但他的"贴心、有素养和有趣"从何而来？正是由于他的性向决定。这是不是一个相当讽刺的命题？

而同志相较于直男会打理自己的特性相信也是吸引你的一个点吧。我的建议是，你下次找个丑一点的，不那么会捯饬自己的 gay 蜜，既能照顾、愉悦你，又不会有爱上他的风险。（我可没有在暗讽谁的意思，诚恳脸。）

亲爱的 S 小姐，找个正经直男来爱，放过你的 gay 蜜吧。他永远不会和你发生关系，时刻牢记这一点，或许就能少犯点错误了。

amor27

来信 39

我是女生，
喜欢的人是"基佬"（后续）

Dear 两位大人：

继上次给你们写信之后（来信 | 我是女生，喜欢的人是"基佬"），那几天我有点被点醒了。其实我一直知道他不会喜欢我，毕竟他的每一段恋爱经历都是和男生的纯 gay，一贯把女生当好姐妹，我也觉得他不存在是双性恋的情况。

但是！要知道少女思春的力量是强大的（噗），不出几日，我又开始放下理智，被荷尔蒙牵着鼻子走了，见不到他的时候、他的网络动态不更新的时候……我都在想他，十足一个沉浸在暗恋中的少女，然而我并不喜欢这样，而且在此之前我分明是个理智至上的人！

现在出来聚会时他碰我一下，我都会有小小的触电般的感觉，一直在心里说着"这不是我，这不是我"。顺便提一下，近期由于实在太难受，我把喜欢他这件事和几个关系好的女生朋友说了（她们和他也是好朋友），现在想来是不是也有点冲动？

　　前些天，他一个电子产品坏了，吐槽式地发在网上，我看了就鬼使神差地在网上买了一个更好的，让店主抹去我的个人信息匿名寄到他公司给他（他公司地址朋友们都知道）。过了一阵子有一次约他出来讨论事情，聊到"上次你那什么东西坏了，买新的了吗"，然后知道他收到了，他也奇怪是谁寄的，还说如果是暗恋者的话那还蛮沉得住气的，我在他面前还配合地表现出一副惊讶状（唉）。

　　再比如马上就到他生日，我在想送什么给他好，作为朋友的我们和他这几年都没有送礼物的习惯。以前我的情感经历都是被追的那个，所以在送异性礼物这件事上也不擅长，甚至想干脆买几张高级商场的购物礼品卡给他好了，让他自己选东西。我写了封匿名的信，准备和礼物一起寄给他，没错又是准备匿名给他，从未做过这种"匿名求爱者"，我自己都觉得有点变态！

　　这礼物和信我该寄吗？会给他造成困扰是不是？我又该怎么走出这没有希望的一个人的牢笼呢？请救救我。

心比上次更乱的 S 小姐

谋大人回信

心比上次更乱的 S 小姐：

谋大人我要自我检讨一下，我有一丁点觉得这是我的错，我说你的这份情感清纯而又美好，然后你就一发不可收拾——购物卡配匿名信，excuse me？

购物卡？我的个神啊，一股城乡接合部和国企老干部的气息扑面而来。姑娘，快打住！

相信我，"基佬"不会想要收到购物卡这种东西。姑娘，你以为写匿名信是高中女生般的纯爱，但是事实上，你把整个事情变成了"村里有个姑娘叫小芳"。

问题出在你身上。你能做的就是正视你对他的情感。既然你知道了你们之间没可能，你完全可以把你的情感告诉他——匿名信没用，购物卡没用，任何其他匿名的隐藏的礼物都没有用——只有你坦诚地面对你对他的情感，清晰地听到他对你说"我们不可能"，你才能放下心里的这份莫名的不可能的爱恋，和他正常地相处。

昨晚我又看了一遍《盗梦空间》。男主角最后在梦中坦诚地面对了自己对妻子的情感（更多是内疚），在第四层梦境里杀死了妻子的影子，然后任务才得以完成。

最后我想说的是，英文里的半角逗号之后都他妈的要空一格！

谋大人

―――――――― **amor27 回信** ――――――――

亲爱的 S 小姐：

  这几天上海的天气变化多端，白天黏人的和暖，到了晚上又多风低温，昨天晚上甚至下起了雨来。

  我在新天地新的法国餐厅 Paris Bleu 一楼的位置，喝了一杯接着一杯气泡开始变得稀疏的 Chandon，不知道是餐厅名字和装饰的缘故，还是等的人没有来，心情有一点蓝。然后读到你的来信。

  我想说的是，我被你感动了。

  借着酒意，我也只是读了三遍而已，然后觉得很美好。

  和谋大人一样，我也需要自我检讨一下。在上一封的回信里面，我斩钉截铁地告诉你，这段感情是不可能的，要你放弃。

  只是，就算他永远不会爱你，不会属于你，那又怎样呢？就代表了你不能够默默地，暗暗地，从遥远的距离和角度，喜欢他吗？

  从什么时候开始，我变得如此实际而市侩呢？

  昨天晚上，有人问我："你现在还会不会为爱不顾一切？"

  我突然有点不知道如何回答。

  曾经，我可以毫不犹豫地回答"会"。

  只是现在我也不确定，是否还有值得不顾一切的对象存在，去做不顾一切的傻事情。

而显然你还有这样一个对象存在，那就珍惜吧，好好享受吧。

直到下一段属于你的感情到来。

让我们满怀热情地做傻事吧。

amor27

来信 40

她说分手的理由，
是我不懂她

贱嘴：

我每天读的公众号不多，贱嘴是其中的一个。

有一个原因就是工作太忙了。本人是毕业三年的金融男，坐标北京金融街，和女友在一起五年。

我自认为还是做到了一个好男友该做的。因为行业的特殊性，在毕业后短时间内，同学们仍然还在当小职员的时候，我就能够给女友买卡地亚了，让她在同学面前虚荣感爆棚。

我自认为对她还是上心的。刚在一起的时候我们还都是学生，没有什么经济能力，但是毕业后稍微有一些积蓄了，我给她买的礼物一直没有断过。

但是从工作第二年开始，我明显觉得她对我的态度冷淡了许多。上个月，她和我提出分手了。她也没跟我聊得太深入，只是说我不懂她。我出了半个月的差，回来后发现她已经直接搬家走人了。

说实话，除了伤心，我感觉挺诧异的。真的，我一来没出轨，二来对她也上心。我甚至怀疑是不是有第三者，但是她的闺蜜（也是我们同学）跟我保证她不是那样的人。

女生都是这么情绪化的吗？能这样说走就走？对于爱情，没有什么规则和道理所寻？如果都是这样，还交什么女友啊，去"搞基"算了。

失落的锲然

谋大人回信

失落的锲然：

首先不要给性别贴标签。

"女生都是这么情绪化的吗？"——不是，很多男性也很情绪化。

"能这样说走就走？"——有说走就走的爱情，也有说来就来的感觉啊。

"对于爱情，没有什么规则和道理所寻？"——爱情本来就是没有规则和道理可循的。

"如果都是这样，还交什么女友啊，去'搞基'算了。"——那你去搞呀！

你，一枚金融男，犯了一个很大的错误，就是你觉得世界上所有的东西，男性、女性，恋爱、出轨，礼品、礼物，直的、弯的，全部都在一种"非黑即白"的状态里。

很多时候，并不是这样，尤其是情感。

你要明白，情感是一种感觉，不是你每天打交道的股票、基金，并没有所谓的基线、熔断机制、涨幅比例可以参考。你送不送她卡地亚，感情都有可能会走掉。

你所要做的是在她身上花心思，而不是简简单单地给她买冰冷的卡地亚。

因为你的来信并没有讲清楚你们之间的沟壑到底是什么，所以，我也不知道如何指导你下一步该怎么办。努力挽回，还是期待下一次的感情，也只有看你自己到底有多爱她。

谋大人

--- **amor27 回信** ---

失落的锵然：

在很多年前有一本畅销书，叫作《男人来自火星，女人来自金星》，不知道你是否还有印象。这个标题用在你信中描述所处的境况，似乎很适合。

就像你女朋友在提出分手时说的那样，你不懂她。

在你的来信中，你一共提到了两次"自己很上心""做到了一个男朋友应该要做的全部"，但你所提及的表现，也就只是买买卡地亚和"给她买的礼物一直没断过"。

这就是一个男朋友应该要做的全部了吗，这就是一个女人在一段情感关系中所要的全部了吗？

我想答案显而易见是否定的，否则她也不会选择离开你，而你也不会现在感觉委屈，写信来大声疾呼"女人到底要的是什么？"。

是啊，作为另外一个星球上的来客，女人到底在想什么，女人到底要的是什么，是千古年来无数男人在问的问题，有关于此的电影、歌曲也是不胜枚举。

我喜欢克里斯蒂娜·阿奎莱拉在巅峰时期的歌曲 *What A Girl Wants*，列举了一堆女孩在恋爱中所需要的，最后她唱道：I thank you for being there for me.

翻译成中文就是：你的陪伴，让我心存感激。

所以一个女孩所想的，所要的，所追求的，到头来，正如谋大人指出的，不是冰冷的卡地亚，不是不间断的礼物，不是在同学面前虚荣感爆棚。

当然也许这会是一小部分女孩所追求的。但一个从大学时你没有经济能力就选择和你在一起的女孩，她最终想要的，并非只是这些简单粗暴、冰冷无味的礼物。

她所珍惜、渴求、期望的，不过是你在身边的陪伴。

可惜从你"工作太忙了"的描述中分析，这正是你所不能给的。连她提出分手之后，你还可以不管不顾地去出半个月的差，这之前你对她是如何疏于问津，也是可想而知了吧。

即便在此以前，她已经开始对你态度冷淡，你也并没有做出改变，甚至分手之后，还觉得她情绪化，说走就走。

她想要香蕉，你却给她苹果。

她想要陪伴，你却给她珠宝。

她想要一罐福佳白啤酒，你却递来一杯长岛冰茶。

你自以为懂得她，其实不过是大写的"直男癌"，我只能对你摇摇头。

尽管如此，和谋大人这个没用的东西不同，我还是会建议你挽回，毕竟一个陪伴你从微时走来的女孩和你们一起的那些好时光，都值得被珍惜。

今天是白色情人节，依照传说的习俗，是男孩对女孩表白心迹的日子。如果能够用一份完美的礼物表明你已经懂得她的心，并且愿意做出改变，象征着更多的陪伴，更多的美好时光，相信是你挽回她最好的机会。

静候这个白色情人节的 amor27

来信 41

单身十年只有 gay 蜜，
他们是否可以给我真正温暖？

贱嘴：

你们好。

我是一个事业型女人，一直忙于工作，上次感情在十年前，我一直没有走出来，并且我很多年没有那个了，我的身体也很寂寞。

可我有一群很好的 gay 蜜，他们是否可以成为使我心不冷的好伙伴？我和他们相处要注意点什么？他们真的可以给我温暖吗？

永远做公主

---------- **amor27 回信** ----------

亲爱的公主：

收到你这封来信时，我刚刚从一个朋友聚会上回来。

在喝完若干瓶白葡萄酒和一瓶粉红色起泡酒以后，旁边的朋友问我最长单身时间，我竟有些愣住。

唉，算上那些不靠谱的暧昧和纠结，我好像一直在恋爱中耶。

对于我而言，无论是从生理上、心理上，还是写字创作的角度，都非常需要一直维持恋爱的状态。

所以，对于你单身十年，我在深表同情之余，也认为那是你一切问题的根源所在。

至于长期和 gay 蜜厮混的利弊，因为你在来信中也没有具体描述他们，虽然想来一定是貌美心善你才和他们成为好友，但抱歉，我也无法给出确切的答案。

但我十分肯定的是，他们不是你最终温暖的归宿。

无论是你的身体还是你的心，最终都还是需要一个直男的抚慰和接纳。

而你单身多年的状态，无论在生理还是心理上，即便那个对的人出现，一时之间也很难完全好好地对待和接受。

之前在宇宙大刊工作的时候，我有一位同事，和你有相同的遭遇，也是十年来无法从上一次感情中走出来。

我记得有一次，朋友在华贸公寓的咖啡店开业庆祝，我们几个人一直喝到午夜打烊，最后对着空空的成堆的红酒瓶，玩起了无聊的真心话游戏。

她讲起了好几年前和前任男朋友在庞贝斗兽场遗迹甜蜜的回忆。

我看着她亮起的眼睛和兴奋的表情，心却沉了下来。

我想，坏了，她大概是走不出来了。

果然，又过了好几年，直到现在已经过去了十年，甚至更久以后，她再没有谈过恋爱，始终是单身的状态，连暧昧都欠缺。

我想，你的情况大抵也相同吧，一定是有过一段刻骨铭心的爱情才会久久难忘。

有时候我会想，真遇到那段命中注定的天雷地火，究竟是幸运，还是不幸。

我宁可一直谈一些波澜不惊的小爱情，过着平淡无奇的生活，就这样下去。

否则，就像我那位朋友自己承认的，偶尔遇到合适的对象，都已经忘记了要如何去搭讪，如何去对话，如何去相处。

我们也会嘲笑她，连打开双腿的方式都已经忘记了吧。

而这些，都是你的 gay 蜜无法教会你，给你带来的事。

你的来信署名是"永远的公主"。我不知道你是否是迪士尼童话故事的粉丝，可是每一段童话故事最终的结尾，公主都是与王子过上了幸福的生活啊，而不是选择和七个小矮人在小屋中共度余生。

如同小矮人一般，再要好的 gay 蜜，也只能陪伴你走过人生的某一段路途，但最终一吻唤醒你的，为你穿上水晶鞋的，扶你跨上白马骑向幸福未来的，永远只会是王子。

亲爱的公主，请你不要放弃，努力用心寻找，王子终究会来到。

愿你早日得爱，"南瓜马车的午夜，换上童话的玻璃鞋，奔向幸福的疆界"。

要给你个拥抱的 amor27

谋大人回信

亲爱的公主：

amor27 虽然讲了几个动人的小故事，用了白雪公主和小矮人的例子，还唱了歌，但是他护照上没几个签证，没去过北欧，品位和品味分不清楚，所以没什么见识，那么，我还是要说出这一句喜闻乐见的话：别听他瞎扯淡了。

其实，你并不是对 gay 蜜产生了疑惑，你是对你自己的人生有一些不清楚的地方。你的来信中有三个问题，我一个一个回答。

"gay 蜜是否可以成为使我心不冷的好伙伴？"

可以。事实上，任何一段真诚的友谊中，都可以成为双方"心不冷的好伙伴",真诚的友谊和性取向无关。

"我和他们相处要注意点什么?"

诚恳,尊重。好的友谊,都是以这些为前提的。如果说和同志人群成为好朋友中有什么注意事项,唯一要注意的是,作为女生,不要不小心爱上同志,铁定没啥结果。

"他们真的可以给我温暖吗?"

这就看你怎么定义"温暖"了。你来信中提出"我的身体也很寂寞",显然,同志朋友是不可能温暖你的身体的。但是,作为友谊上的温暖,我觉得没什么问题。

那么,这就阐明了我要讲的第一点,我们不要把所有的人际功能都强加在某一种人际关系上。

"我没有男朋友,但是有一堆闺蜜或者 gay 蜜,我会幸福吗?"抱歉,如果你需要男朋友,需要一个家庭的话,不会。

"我不想生小孩了,我姐姐的孩子会给我带来做妈妈的感觉吗?"不会。

"我要找一个像我爸爸那样的男朋友,不仅每天晚上要抚慰我,还要给我零花钱。"那么,你的希望是会落空的。

朋友承担的功能,只能是友谊;爱人承担的功能,只是爱情;亲人承担的功能,就只能是亲情。

那么,我想说的第二点是:如果只有 gay 蜜,没有爱情,这种生活会幸福吗?

这取决于你个人。

问问你自己,你是擅长从你自身汲取生活的激情和力量,还是一名向爱而生的女性?

如果是前者,那么,幸福取决于你自己。如果你是后者,除了 gay 蜜、闺蜜之外,你还需要认真地去寻找爱情。

公主,昨天我刚好看了《欲望都市》中的一集。Carrie Bradshaw 刚好也对白雪公主有了一些思考。我觉得,如果白雪公主足够强大的话,她压根不会被弄到水晶棺材里啊。希望你也做一个这样强大的公主。

对白马王子有期待是可以的,但是,你不能期待他来拯救你的人生。

我的意思是,对爱情有期待是合理的。但是,爱情并不是人生幸福的唯一标准,你有 gay 蜜和闺蜜,你也可以变成一位"从自身汲取能量和营养"的现代女性。

加油咯。

谋大人

来信 42

都叫我"女汉子"，其实我有点不舒服

亲爱的贱嘴：

关注你们很久了，终于鼓起勇气给你们写信，因为我昨天失恋了。

和男朋友在一起快半年了，分手理由是，他说我不够有女人味。

是，从小我就和身边女生不太一样，不喜欢留长头发扎辫子，不喜欢穿花裙子，不喜欢洋娃娃。

可能因为从小家庭环境的原因，我一直挺独立要强的，现在在一家创业公司做企划总监，手下的小朋友偶尔也会跟我开玩笑，说我 tough 的程度不像个女生，叫我"女汉子"老板，身边朋友也会时常开玩笑叫我"女汉子"。

对于这个称号，我之前倒也没有在意，但昨天分手以后，让我开始有点反思，是不是我真的太汉子了，不像个女

人。我需不需要改变自己,学会打扮,穿我不喜欢的薄纱长裙,不那么要强,变温柔点?

困扰的"女汉子"

amor27 回信

亲爱的女孩:

今天是三月八日,传说中的国际妇女节,每天早晨都会翻一页的日历上面,写着这样一句:忌贴标签。

我厌恶任何一种形式的贴标签,所以原谅我,没有用你落款的名字来称呼你。

因为"女汉子"是一个多么虚无而生硬的标签啊。

"女汉子""娘娘腔",是谁规定,这个世界上的男生必须要是什么样子的,女生要是什么样子的。

上帝创造人类的时候,并没有做出这样的规定。

像你在来信中写到的那样,是谁规定留长发、扎辫子、花裙子、洋娃娃、不独立、不要强、会打扮、装温柔,才是一个女生应该有的样子?

做不到这些,就不像女生,就要被硬生生戴上一顶"女汉子"的帽子。对不起,我不接受,也请你不要接受。

我们曾经是一个喜欢为一切贴上标签的民族,尤其在某一段灰色的岁月里面，龙生龙，凤生凤，每一件事物都必须整齐划一成应该有的样子，不能出界，不能犯规。

但是那段日子已经过去了，虽然不得不承认，那遗毒还在人们心中，但这并不代表我们就要屈从。

我很喜欢麦当娜的 *What It Feels Like For A Girl*。

女孩可以穿牛仔裤，把头发剪短。

而男孩同样可以修眉毛，做美甲。

谋大人可以从小玩芭比娃娃，看美少女战士，被叫成"小甜甜"。但这并不影响他健康长大成为现在的贱嘴巴，为别人排忧解难。

只要你愿意，你可以成为你想要的那个样子，爱你想要爱的人。只要你保证，诚实面对自己，面对自己的内心。

不要让这个世界充满恶意地随便给你贴标签。

至于那个因为你不够女人而跟你分手的男朋友，不要也罢。

相信我，在这个世界上，总会有人懂得欣赏你的美。

并不是每个男人都肤浅地喜欢长发、白皮肤、大胸部的女孩。

你只需要耐心等待，诚实做好你自己，尽情释放专属于你的美丽。

周末的时候，和小甜心一起看了《疯狂动物城》，被一句台词，也是电影的主旨触动。

Anyone can be anything.

只要你想,只要你坚持。

每个人都可以,也应该成为自己想要的样子。

而你的狐狸先生,也终究会来到。

想再看一遍中文版的 amor27

———————— **谋大人回信** ————————

亲爱的"女汉子":

虽然我同意 amor27 说的反对贴标签,但是"女汉子"压根就不是什么标签啊。

"女汉子"就是女生的一种啊,他们又没有直接叫你"汉子"或"老爷们儿"。

你就是你,这是没错的,你的男朋友瞎了狗眼。不过你说要不要改变自己,"学会打扮,穿我不喜欢的薄纱长裙,不那么要强,变温柔点",我告诉你,你可以不穿薄纱长裙,可以继续要强,也可以不变温柔,这些你都可以不用改变,但是,第一点"学会打扮",你还是需要学会的。

不喜欢薄纱长裙,可以买干练的短夹克和 OL 小西装;不温柔,但是最好也不要骂粗话(当然,谋大人很爱骂粗话);不那么要强,仍然需要独立、坚强。

有时候,矫枉过正以及一颗又敏感又委屈的心,比贴标签更让人讨厌。

当然，记住，学会打扮，改变或不改变，都是为了你自己开心，而不是为了取悦任何人。

人家叫你"女汉子"这件事情，根本不用放在心上，这根本不是贴标签。什么是贴标签？Dr.魏跟郭敬明说"和你说话像在和一个女人吵架"，这是贴标签。"你要埋单，因为你是个男人"，这是贴标签。

继续做好你自己，大可不必为此苦恼。

谋大人

来信 43

这段关系是恋爱？
还是所谓细水长流的一生伴侣？

两位好：

 一直默默地关注你们大概有半年，amor 的浪漫主义风格常常让我会心一笑，谋大人直截了当的行事风格亦常如当头棒喝，顿时把我拉回现实与理性的世界。称赞完！哈哈！

 我和我的法国男友同居大概有三年半了，我们仍然很甜蜜幸福，像刚刚开始那样，甚至比那时还更要好。因为越来越了解对方，希望给对方更幸福的感觉。但是在结婚这件事情上，我们总是有跨不过的矛盾。

 我呢，就像主流社会的大龄女青年，受到父母、亲戚、朋友、社会舆论等的逼婚压力。我认为自己的抗压能力还行吧，但是因为我内心对幸福家庭也有一些向往，所以，我内心是希望我们可以在三十岁左右结婚的，然后开始有小朋友，像他的一些同事和我的一些朋友的跨国婚姻故事那样。

我挺羡慕他们的，从某种程度上来说。

他呢，离异，无小朋友，不排斥小朋友。他是外派驻这边工作，就是"2~3+1+1+……年"的那种合约，所以他觉得在这里留下的时间无法计划，就是俗语讲的"今天不知明天事"，这是他目前不想组建家庭的原因之一。前一段十年的婚姻，对方对他失去兴趣之后出轨，也是他对婚姻没有信心的原因之一。当他知道他的亲友结婚时，他内心不是祝福别人永远幸福，而是觉得这只是开始，祝他们好运。在中国这三年半，他的事业发展得不错，升职了两级，由四十人的团队 leader 升级到手下两百人的经理。他很努力，每天工作超过 12 小时。当然我工作也蛮努力的，但相形之下，就很惭愧了，加班没他多。我们相处时间有限，这也是影响我们的原因之一吧，当然没有前两点重要。

所以，有时候我会很苦恼（特别是在来月经前几天，哈哈），究竟我们这种关系，只是甜蜜恋爱，还是可以维持一生的关系呢？在组织家庭这件事情上，我应该更加 pushy 还是矜持一些，像之前一样随缘呢？

PS：我们都有认识过对方的家人和朋友，相处得一般，互相应酬的那种。可能你们会想知道恋爱中钱的问题，因为我们所处的市场不同，他赚的是我的 15—20 倍左右吧。在生活开支上我们大概是 3/7，当然没算他们公司提供的高档住宅，我的钱大多还是自己存起来。但坦白说，如果他立马失业了，我也能在这个城市养得活我们（哈哈，女人能撑半边天），不过我还是比较想当个小鸟依人的角色，舒服多了。

祝两位每天帅一点。

Jolieyeah

谋大人回信

Jolieyeah：

你充满小女人风格的叙述方式不慌不忙，真是这焦躁的炎炎夏日里的一股清流啊。

其实，从你的叙述就可以看得出，你对这一段关系还是很满意的，你们的生活达到了能让彼此舒服的一个状态。

那么，到此，还有什么好纠结的呢？

"究竟我们这种关系，只是甜蜜恋爱，还是可以维持一生的关系呢？"这两种关系完全不矛盾啊。甜蜜的恋爱，也许会前途渺茫，也许会发展成维持一生的关系，从目前状况来说，没人能判断得出来。

但是，你能做到的，就是弄清楚自己对这段关系想要的走向，并且为之努力。

你问，在组织家庭这件事情上，你应该更加强硬一点，还是像之前一样随缘呢？

首先，问清楚你自己，你自己到底想要什么。你想要的家庭生活会比现在的状态更好吗？还是仅仅为了满足亲朋好友嘴里的虚荣感？

其次，你要了解，人和人是不同的，即使在一段稳定的关系中，也要尊重对方的想法和生活方式。

弄清楚这两件事之后，再做决定。如果答案仍然是"是啊，我就想要和他结婚、生孩子"，那么，你还需要懂得第三件事：让对方达到自己想要的目的，需要观察，需要理解，更需要一点点小策略。

有些人，就是该拿皮鞭抽打，当头棒喝，这样他才会跟你一起努力，要不然就会变成陷入当下、不思进取的懒人，正所谓你说的 pushy。

有些人呢，就必须对他云淡风轻，根本不理他，等他知道事态严重，自己也就上心了。正所谓你说的，像之前一样，心胸宽广，随个缘。

所以，Jolie 爷，你该 pushy 一点，还是该随缘，如果你聪明一点，就明白这件事不取决于你的意志，而取决于你的现任男朋友是个什么样的人。

祝你成功，得到自己想要的幸福生活。

谋大人

amor27 回信

亲爱的 Jolie：

　　从你的来信当中判断，你是我所喜欢的那种女孩的类型：自信，摩登，有自己的事业和人生观，却又会恰到好处地撒娇。

　　从我的经验判断，一般这样的女孩子的恋爱和婚姻的运气都不会太差。

　　我的好朋友夏洛特，也是和你类似的女孩子。在写这封回信的时候，我忍不住幻想你们肖似的模样。

　　有卷的长发，丹凤细长的眼睛，抹明亮的大红色的口红，会大口地抽烟，大口地喝酒。

　　事实上，夏洛特最近也有和你相同的烦恼。当我们在一个夏天的晚上，坐在老据点 IlVino 临街的位置上，喝一瓶冰得恰到好处的琼瑶浆时，她也对我提出了相同的问题。

　　这段关系是恋爱？还是所谓细水长流的一生伴侣？

　　夏洛特最近有新的恋爱对象，和你的法国男友一样，也是一个人数众多的团队的领导，每天工作超过 12 小时。所以在两个月中，他们一起吃过两餐饭，喝过三次酒，唱过两次歌。

　　夏洛特问我，这样的节奏，算是恋爱吗？

　　就像你问我们，也许不以结婚、生子为终点，不一定有明天的关系，算是恋爱吗？

我问夏洛特:"那你觉得,什么样的节奏算是恋爱呢?"

"像我过去那些恋爱一样,每天厮混在一起啊。"

于是我又问她:"那你过去那些恋爱,最后成功延续下来了吗?"

夏洛特沉默了。

每一个人,每一对情侣,每一段关系,都有适合他们自然发展的模式。

有些人,就适合天天腻在一起。而有些关系,不常见面,但心中有着彼此,也可以细水长流走下去。

无论是夏洛特,还是你,Jolie,重要的是是否享受眼下这一段关系,而不是为了一定要达成一个世俗眼光中的结果,像谋大人说的那样,一定要主动做成一个什么样子。

任何一段关系,无论是恋爱,还是合作,being pushy 都不是一件好的事情。结果只有一个,就是会死。

亲爱的 Jolie,请你保持眼下这种清新自在的状态,自由享受恋爱。开心,彼此自在,这才是最重要的。

最讨厌主动的 amor27

来信 44

时间久了，
人都会变吗？

贱嘴：

唉，我也只能在这里吐槽、寻找答案了。我想问，时间长了，人都会变吗？

我和男朋友在一起快两年了，开始时很开心，每晚都会聊电话，他有什么事都会告诉我，最近不知道怎么了，他竟然嫌我打电话给他烦，开始不接电话，生活中的事情也不与我分享了，我一直安慰自己是因为他最近心情不好。

但其实这是分手的前兆，对吧？我很想知道为什么会变成这样。原本一切都好好的，我问过他，他说我想多了，不关我的事。他不会有第三者的，我相信他。他朋友圈的封面依然是我，朋友圈也都没删，这让我更加想不通了，是时间久了，人都会变吗？还是说这是传说中的冷淡期，过了这段时间就好了？好希望得到你们的答案，最近太郁闷了。

粉丝小 c

谋大人回信

粉丝小 c：

我现在在瑞典和芬兰的边境，我后面就是芬兰。在很久之前吧，芬兰跟瑞典好了六个世纪，之后呢，芬兰又和沙皇俄国好了快一百年。

所以你看，连一个国家都是会变的，何况一个人呢？

你要知道的是，每个人都在改变。你男朋友在和你相处的时间之内，他在改变，你也在改变。但是，即使这样，就没有别的方法了吗？

要我说，在情感中，成长型的改变才是值得努力的方向。补充仔细点，你们不可能永远是发微信、打电话的状态。

那么，我在芬兰和瑞典的边境，祝你幸福。

谋大人

amor27 回信

亲爱的小 c：

你问我们，时间久了，人会不会变？

连一个国家，一座城池都会随时间改变，何况是我们人呢？

所以，你男友褪去了最初的热情，开始变得冷淡，不再与你分享生活，是时间必然性的一种体现，这并不代表他有了第三者，或者想要结束这一段感情了。

当然，他没有那么爱你了，这几乎是一定的。

我明白你的感受，对于缺乏安全感的人而言，这些蛛丝马迹是非常要命的，会让我们心生怀疑，变得动摇，甚至失去走下去的动力和勇气。

曾经，或许现在依然，我也和你一样。

我给你的建议是，如果你还想要继续维护这段感情，那你要学会接受并适应你们在彼此生活中的分量减少。

这就意味着，你需要让自己忙碌起来，让自己的生活充实起来。

原本和他每晚睡前煲电话粥的时间，现在用来读一本书。

原本和他逛街、约会的时间，现在用来多打一份工。

原本花在猜疑、哀怨上的时间，现在用来更好地爱自己。

这未尝不是一件好的事情。

但如果他对你的冷漠和疏远程度超出了你所能够忍受的限度，这段感情也就没有必要再强撑下去了。

拍拍屁股，开始下一段吧，相信我，总会有不那么容易改变的更爱你的人出现的。

江美琪在第一张专辑《我爱王菲》里，有一首很少人记得的歌曲，叫作《你会不会变》。歌词中透露的少女心事，和你在来信中描述的其实很像。

歌里面，江美琪唱道：为什么爱和失落只在一线之间？

这真让人感觉到遗憾啊。为什么两个相爱的人，不能够永远那么好，那么彼此依赖，那么无话不说？

可是就像谋大人说的那样，连我们自己都做不到不去改变，又如何去奢求别人？

但或许也是因为这一份不确定和带来的失落，爱才分外迷人吧。

无论如何希望自己不会变的 amor27

来信 45

我们应该怎样在这个将要烂掉的年代，让自己感觉活着

双贱客两位大人好：

喜欢你们真诚、坦率、犀利、一针见血的回信。终于在这个深夜，也和你们聊两句。

我崇尚自由，是一个自由职业者，工作稳定平淡。我想做自己，不喜欢复杂的人际关系，对朋友的要求也非常高，宁缺毋滥。

就这样，因为自己的清高孤傲，随着学习、工作的迁移变换，也因为工作和家庭的原因，身边的朋友越来越少，近一年来，孤独到可怕。还因为我在北京，这样一个假大空的世界里。

如果不是有人叫我"妈妈"，我几乎想不起来自己是一个四岁孩子的母亲。无论从外表还是内心，我认为自己是年轻的。对于婚姻，我想没有人能逃过平淡。外人看来完美的我的家庭，事实上这两年我先生的事业正遭遇不顺，我的压

力也随之变大，爱情变成了亲情，激情退去。婚后并不长的几年里，我也曾走到岔路，悬崖勒马，因为我知道在这世上，欠下的迟早要还。可是此刻，内心比任何时候都寂寞空虚。

我不知道自己要问你们什么，对我来说这是一个出口。

因为很多事情其实无法回答，比如生活到底为了什么？我们到底要什么？我们要选择做自己，还是随波逐流？平淡的婚姻要如何改变？如何面对婚外情？

我已经打开水龙头般哭了好几场，不甘心这样忧郁到死，又无法破。看到一句话和你们分享：我们应该怎样在这个将要烂掉的年代，让自己感觉活着。

无处安放身体和灵魂的 Lily

--- amor27 回信 ---

亲爱的 Lily：

我和谋大人刚认识的那时候，我们都还在北京，偶尔会约出来一起喝一杯，之后像所有忧郁而善感的文艺青年一样，我们会讨论一个问题：这个世界，到底是怎么样的，好的还是坏的，粉红色的还是一坨屎？

谋大人总是会说，这个世界就是一坨屎，所以他就用对待一坨屎的态度来对待生活。

而我呢，用谋大人的话来说，就是明明知道这个世界是一坨屎，却偏要把生活过成粉红色的。

但是，无论我们对于这个世界抱有怎样的态度和看法，这个世界对待我们都一视同仁。

我们都会遇到屎一样的人和事情，也会收获粉红色的惊喜。

所以，虽然我很喜欢你分享的这句话：我们应该怎样在这个将要烂掉的年代，让自己感觉活着。

但是我并不认同这个年代与世界是烂掉的、不好的。我们也没有任何理由无处安放身体和灵魂。

那不过是我们因为自己的无力和软弱，用追求自由粉饰太平，为自己失败披上的虚假外衣。

我曾经遇到过一些非常糟糕的事情，糟糕到我一度以为我的人生就要就此结束了。一切好的事情，好的人，都不会再和我发生关系。

可是，看看我现在，还是轻描淡写地把那一坨屎抛到身后，向目标中的粉红色的世界继续努力进发。

我相信，你也可以做得到。

周末我又去看了一遍《恋爱的犀牛》，廖一梅的台词依旧有击中心脏的力量，在这里想要与你分享：上天会厚待那些勇敢的、坚强的、多情的人。

所以，如果你想要得到什么，追求什么，摆脱什么，那就请你停止抱怨，勇敢地去做吧，这是你所有问题的唯一答案。

其实这个世界，这个时代，无所谓好，无所谓坏，无所谓烂掉与腐朽，无所谓灿烂与华丽。

重要的是，面对这个世界，面对这个时代的我们自己，是怎么样的。

我无法告诉你，如何让自己感觉活着。因为我的准则只有一个，那就是去活着。

勇敢地，坚强地，多情地，活着。

祝福你的 amor27

谋大人回信

亲爱的 Lily：

我和 amor27 在选来信回复的时候，本来想略过你这一封来信，因为你没有明确地问出一个问题。所谓"假大空"的问题就是这样。

但是看到最后一句话，我们俩又觉得太需要回复这个问题了。

毕竟，对于 amor27，对于我，对于我们身边的很多人，这是一种切身感受。

"我们应该怎样在这个将要烂掉的年代，让自己感觉活着"，我把这句话翻译一下："我过得很麻木。"

如果这句话有什么不对的地方，我只能告诉你，烂掉的不是这个年代,而是你身边的环境,还有你自己的心态。

如果你意识到这种状态不是你想要的,那么你唯一要做的就是两个字:改变。

不要因为有孩子、有老公、有家庭、有稳定的工作而犹豫,让这些生活里琐碎的事情,拴住了你想要改变的心。

如果你现在的感受很糟糕,那么你只有自己做出改变,才能逃出这种糟糕。

你说"很多事情也无法回答",在我看来,你的这些问题都很好回答。

"生活到底为了什么?"——爱、幸福、快乐。

"我们到底要什么?"——爱、幸福、快乐。

"我们要选择做自己还是随波逐流?"——做自己。

"平淡的婚姻要如何改变?"——让自己和对方都变得更好。

"如何面对婚外情?"——拷问自己,到底爱谁更多。

"不甘心这样忧郁到死,又无法破。"——那就不要忧郁到死,一定要破了这种状态。我有一个朋友,当时已经有宝宝,和老公没有激情,工作上也遇到瓶颈,每天陷入莫名的人事斗争。她自己觉得处在一个"烂掉的年代",过着麻木的生活。但是最终她狠下决心,离婚,带着自己的孩子出国读书。在国外,她当单身妈妈,打工,有过一段很艰苦的时候,但是,她过得非常快乐。

我问她当时哪里来的勇气舍弃之前的生活。她给我的回答，在这里，我送给你，希望对你有帮助。

"我当时就告诉自己，现在的状况是最糟糕的了。如果我不做出改变，就会这么糟糕下去；但是如果我做出改变，还有变好的可能。"

我想，这也是 amor27 说的"勇敢地，坚强地，多情地活着"的意思。

现在，她非常幸福。

希望你也一样。

谋大人

来信 46

三十二岁了，
想要去纽约读艺术

两位：

我今年三十二岁了，一直做投行，虽然很辛苦，但是回报率高，所以这些年下来，对自己也算满意。

但是我心中一直有一个梦想，想学艺术。因为平时业务上和佳士得、苏富比有联系，所以我拿到了非常有分量的推荐信。今年年初，我决定考 G，要申哥大的艺术史专业。

我把计划和男朋友及家人说了，家人不支持，男朋友也表示不太理解。

在这里说一下，我和男友在一起五年，都是坚定的不婚主义者。因为没有婚姻，他明确地表示，我生活上的变动可能会对我和他的关系有影响。我其实是很理性的人，我也很明白，一旦我去纽约了，我们俩之间几乎就没有可能了。我和他之间非常合拍，但是一旦失去了，他这样的男人，对于我来说挺难找的，所以又忍不住伤心。

我性格上虽然很独立，但是我也很明白，三十二岁了，抛弃现在的一切，去一个新的城市，重新开始一个新的专业，对自己来说也是挑战。我当年刚刚开始到北京工作的时候，巨大的漂泊感和孤独感几乎把我击垮，如果要重新来一次，我也怕自己吃不消。

没什么具体的问题。刚刚辞职了，闲来就想跟你们倾诉倾诉。

祝好。

稔之

amor27 回信

亲爱的稔之：

在贱嘴和好东西的世界观中，年龄从来不是一个阻挡我们去丰富人生、实现梦想的理由。

二十九岁的女孩，依然可以想爱就爱，不爱就放手，比如《来信 | 我二十九岁了，居然爱上了一个潮男》。

五十七岁的父亲，喜欢上俄罗斯语，也可以远赴俄罗斯寻梦，比如《来信 | 老头有梦想，要去莫斯科》。

所以三十二岁的你，又有什么理由，害怕抛弃现在的一切，去一个异乡的城市，开始全新的一切呢？

无论是在任何年纪，我们都可以为了梦想全力以赴，孤注一掷地潇洒走一回。

我想感情是牵绊你的重要因素吧。可是我想跟你说的是，在我们自己掌握和面对的人生里，有时候感情只占小得可怜的一部分。

是啊，这个观点悲观又冷酷，却也来得现实。

你和你的男友在一起五年，可是你有没有想过，没有婚姻作为保障，你们的感情能够走到多远？

如果你为了一份感情选择放弃你的梦想，放弃你想要的未来，当有一天失去他，或者你们不再合拍，或者感情归于平淡之时，你会不会后悔？

会不会，在纽约有与你更合拍的、更难觅的伴侣在等待你？而你没试过以前，全然未知。

关于在异国他乡的漂泊感和孤独感，抱歉，我没有类似的经历，还是让去年刚从华盛顿结束工作和生活的谋大人，来分享一些经验给你吧。

我只是觉得，无论在哪个城市，哪个角落，内心孤独的人终究孤独，找不到归属感的终究漂泊，但比起全新的开始，想追求的梦想，这并不值得一提。

你说呢？

也想去纽约的 amor27

谋大人回信

稔之：

这一次，我不想多说你提到的"三十二岁了，抛弃现在的一切，去一个新的城市，重新开始一个新的专业"这种尴尬的状况，这一次我只想告诉你，纽约是一个塑造人的地方。

不要担心男朋友，因为在纽约你会碰见新的男朋友；不要担心漂泊感，因为在纽约每个人都是漂泊者；更不要担心重新开始一个新的专业，因为在纽约每个人都在重新开始。

关于纽约，我想分享给你 Taylor Swift 的 *Welcome to NewYork*。

虽然是首俗气的流行歌曲，但是我特别喜欢里面的一句歌词：Everybody here was someone else before.

这里的每个人，到纽约之前，都不是他们自己。

对于你和我，十年前来到北京孤身学习和工作，和现在重新去纽约学习和工作，其实并没有什么差异。

去年辞职去美国工作的时候，我完全进入了另外一个领域，但是到达彼岸的时候，我并没有觉得像你说的"巨大的漂泊感和孤独感几乎把我击垮"，因为这一次，我才发现，之前所有的努力，都会让你对"漂泊"，对孤独，对孤身独行，有更好的理解。

都说"潇洒走一回"是年轻时的事情，但是，我才不这么觉得咧。不管是十八岁,二十八岁,还是三十二岁,或者是六十二岁,"潇洒走一回"都可以时时发生,尤其对于纽约这样一个充满魅力的地方。

从你的来信中,我觉得你对感情,对工作,都特潇洒。所以呢,面对"巨大的漂泊感和孤独感",你何不潇洒一点?

谋大人

来信 47

梦是唯一行李，可是怎能不买包？

贱嘴和好东西：

　　我过生日，我女朋友花了我快一个月的工资，给我买了一个小怪兽包。

　　我觉得她脑袋里有屎，坚决不背去上班，和她大吵。

　　两位大大，能告诉我，女人对男人的包的品位都是这样的吗？还有，我该怎么办？

Kevin

谋大人回信

凯文老师：

这一款是 F 牌的小怪兽背包。

别说你觉得她脑袋有屎，我也觉得她脑袋有屎。

这个价格，可以买三台 Xbox 外加三台 Kinect。

另外，她花你的钱给你买了这一坨屎，你能做的：

1. 偷偷地退了这个包，再买个假的糊弄她（难度较大）；
2. 甩了她（请考虑）。

请注意，我推荐方法 2，因为女朋友理所当然地认为花你的钱没问题，同时，你抵制这个丑包其实是在抵制你女朋友浮夸无聊的生活方式。你们两个以后在一起生活一定会有问题，好聚好散，趁早拜拜，这才是王道。

祝你成功。

谋大人

amor27 回信

凯文老师：

看完你的来信和谋大人的回复，我只能深深地叹一口气。无论是"直男"还是真"直男"，晚期"直男癌"还真是可怕。

买包这个生活中仅存不多的美好与乐趣之一，在你们口中就成了"脑袋进屎"和"浮夸无聊的生活方式"。

谋大人所谓的"买个 Xbox 和 Kinect"，之后无非也就是对着电视学 Katy Perry 舞力全开跳 California Gurls，难道就不空虚、不浮夸、不无聊了？

这个世界上，有趣和美好的事物并没有我们想象的那么多。

买包算一个，美酒算另外一个。

而与其他比较起来，这两者又是相对容易获取和保留的。

不能理解体会的人只能分分钟 out。

比起价值连城的腕表珠宝，五六位数字的包显然平易近人了很多，又能够陪伴你出席不同场合，去到很多地方。

只能帮你到这里的 amor27

来信 48

颜值，颜值，颜值……
长得丑怎么办？

贱嘴和好东西：

你们好。

上礼拜不是爆出郑爽跟胡彦斌的恋情嘛，看了网友评论我心里挺难受的，很多人都说，胡彦斌那么丑，糟蹋人家小姑娘了。

因为现实生活里的我跟胡彦斌差不多，说其貌不扬都是好听的了，从小就低着头，老听别人说我丑。

可是我就想了，难道长得丑就不能谈恋爱吗？

但真的，长到二十岁的我，确实没谈过恋爱。虽然其他方面也不比别人差，但只被别人发过好人卡。

可是，丑人真的不会有春天吗？那为什么胡彦斌又能够抱到美人呢？我要做些什么才能改变现状呢？

莫多

amor27 回信

亲爱的莫多：

说实话，看到郑爽跟胡彦斌在一起的新闻，我也是整个人都不好了。

虽然整容蛮失败，但还是挺喜欢郑爽这挺水灵一个小姑娘，跟胡彦斌同框，画风的确是不和谐。

先讲一个身边好朋友的经历吧。

他的长相嘛，跟胡彦斌水平相当，常常被我们拿来开玩笑。

奇怪的是，他的恋爱运倒是不错。

他前前后后经历过几段感情，对象都算是普通人以上的长相，而且都更为上赶着追他。

尤其是现任女朋友，基本上放在一起和郑爽跟胡彦斌是相同效果的。

那么问题来了，为什么长得丑的人，反而能拥有甚至更好的恋爱运呢？

通过比较好友跟胡彦斌，我发现他们具有两个共性。

首先是潜意识里面，他们并不觉得自己丑而失去自信。

这是解决所有问题的关键。

看看胡彦斌在舞台上和接受采访时的言谈举止，不难看出他并没有因为长相而灰心丧气，甚至有一定程度上的自恋。

而我的好朋友，在我们每次讽刺他的长相时，也总是会自信满满地还击，丝毫不会被我们影响信心。

而在你的描述中，不难看出你对于自己是很没有信心的，无论是"低着头"这个状态还是你的签名。

你从内心深处就已经接受了"你丑，你不配拥有爱情和幸福"。

然后你身边的人也都接收到你由内而外散发出的这个信号，自然丘比特也要敬而远之。

的确，世界上很多人都在用眼睛谈恋爱，但同样也有很多人不看外表。

郑爽就表示，她喜欢有才华的男人。

而我们多次访问好友女朋友为什么要跟他在一起，得到的答案也是"我喜欢他的才华"。

是的，对于一个男人来说，才华在恋爱中是加分利器。

否则冯小刚和徐帆的婚姻，蒋雯丽和顾长卫的婚姻也就不成立了。

其实，恋爱中总是各花入各眼。

你可以在外貌方面有缺失，但这并不成为你就此认定自己将孤独终老的理由。

把头抬起来，培养自己某方面的才华，哪怕只是讲话有趣。

谁又能说，你的春天永远不会来呢？

头一次这么 nice 感觉好不习惯的 amor27

谋大人回信

土摩托：

你好。

从你的来信中，我判断不出你是男生还是女生。你把自己比作胡彦斌，所以 amor27 默认为你是男生，但是据我判断，给我们写信的男生不多，以及没有哪个男生会真的在意自己丑还是不丑。

如果你是男生，那么参照 amor27 的方法；

如果你是女生，那么我告诉你，不要听他瞎扯淡。

我恰巧也有一个朋友，她自认为有点姿色，但是一直找不到固定的男朋友，我在华盛顿的时候，她曾经声泪俱下地给我写信，问我为什么她谈的都是不超过三个月的恋爱。

其实我和她都知道症结所在：她有一点胖，但是她又偏偏喜爱纤细的王子男。

每当和她暧昧的纤细王子男有了新女友，胖女孩都会很失落，而且她也都觉得别人丑。

是的，这才是真正的觉得"丑"的姿态，认为别人丑的人通常身上都会有一些缺点，比如胖，而他们又懒于去改变，所以，他们刻意地从别人身上看见了丑。

而事实上，没有一个人是丑的。具体道理我也不多说了，参见克里斯蒂娜·阿奎莱拉的 *Beautiful* 的歌词：I am beautiful, no matter what they say。

胖妹到现在仍然是单身,并且每天活在指责别人"丑"的故事中,却从来不低头看看她肚子上的那一圈鱿鱼,也不去健身减肥什么的。所以咯,纤细的王子男们不像我这么nice了,他们谈及她的时候,都没有把她当作暧昧对象,只是会说:"哦,那个有点恶毒的胖妹啊?"

所以咯,土摩托,你问有什么方法改变现状?

首先,记住,你不丑,自信起来,给人留下好的印象。而你说"说其貌不扬都是好听的了,从小就低着头,老听别人说我丑",如果真的有人当面跟你这么说,告诉他们:"低头看看你自己肚子上的那圈肥肉,go and fuck yourself。"

觉得自己是最美直男的谋大人

来信 49

我为什么
还是单身？

两位：

　　读你们的公号有一段时间了，很喜欢你们。

　　谋大人是有爱情的人，单身的 amor27 似乎一直坚持单身的理念。而对于我的状况，我从毕业之后就进入了公关行业，到现在三十多岁，一直单身。

　　刚开始我觉得没有什么不好，但是现在越来越觉得这种状态不好。看着身边的人一个个地开始晒男朋友，晒钻戒，晒老公，晒孩子，我自己也突然想有男朋友了。

　　我一直认为上什么交友软件都不靠谱，各种相亲、介绍的真正目也都不是出于爱情，于是我从生活里找了找，我的同事里并没有什么值得去交往的男生，而在其他场合碰见的又多半不靠谱。

　　我从来不相信爱情是有什么诀窍之类的。我常常会觉得自己是不是失去了爱的能力。有时候夜深人静，躺在床上，真的觉得挺孤独的，都要干涸了。毕竟一个人在北京工作这么久，连一份爱情都没有收获，很是失败。我为什么会一直单身？很迷茫啊。

想找男朋友的小歪

谋大人回信

小歪：

为什么你会一直单身？说句不好听的，你眼高手低，你对爱情的期望值太高。

什么叫"我一直认为上什么交友软件都不靠谱"？怎么不靠谱？你都要干涸了，你上个交友软件找个情人也是好的啊。什么叫"各种相亲、介绍的真正目的也都不是出于爱情"？你现在就想找个男朋友来解决寂寞而已，你的真正目的是出于爱情吗？什么叫"我的同事里并没有什么值得去交往的男生"，你跟他们交往过吗？什么叫"在其他场合碰见的又多半不靠谱"？什么场合遇到的不靠谱？夜店遇到的靠谱吗？你不相信爱情有什么诀窍，那你还写这封信干吗？找骂吗？

你如果真的想遇到爱情，那么放下你心底的那些条条框框，去发现身边的人的美好，发现生活中的美好——其实在这个过程中，也许你碰不到心仪的人，但是这种心态会把你的能量调正，让你看起来没有那么浮躁，看起来没有那么趾高气扬，看起来没有那么急功近利。你能量正了，自然会吸引你喜欢的男生到你身边来。

其实也许你会发现，你的真命天子，就在不远处等着你呢。

谋大人

---

amor27 回信

亲爱的小歪：

快别听成天抱着交友软件找情人的谋大人瞎鬼扯了。

单身的理由有且只有一个，那就是没有遇到对的人，还在等待那个他出现。

你在来信中说我一直坚持单身的理念。

是，偶尔我的确会流露出一个人也很精彩的信息。

但是内心深处，这句标语一直是大写着悬挂的啊：我要谈恋爱！

其实我也经常会感到迷茫，会想为什么自己还是单身。

我想可能我们情况相同，我们都只是在等一个人，一个温暖的存在，一个在冷酷世界里面会用暖心情话融化我们的人。

当这样的他出现，我们就会心甘情愿地终结单身。

我想，你我对于爱情和对的人的全部幻想和期待，都可以用下面这段话来表达。

单身，是因为我们都在等这样一个人。

这个人，会在我沮丧失落的时候，给一个大大的拥抱。

这个人，会在我手忙脚乱的时候，给出适时的帮助。

这个人，会在雨天阴霾时，为我撑起一片晴朗天空。

这个人，会在我被感冒击倒时，嘘寒问暖，呵护左右。

这个人，会记得我的生日，默默送上一块蛋糕、一份祝福。

明天就是单身节了，上海的天气愈发阴冷起来。

小歪，祝你，也但愿我自己，都找得到如大白一般的温暖存在。

就在这个冬季。

amor27

来信 50

你好，
节日情人

亲爱的贱嘴：

辞旧迎新，先祝你们新年快乐。

本人金宝街广告狗一枚，今年二十八岁，可能是因为广告圈像我一样的单身"直男"比较稀少，虽然我一直单身，但是也艳遇不断，桃花不绝。

我一直单身并不是找不到女朋友，而是真的并不想恋爱。原因？你们懂的，责任啊、义务啊、柴米油盐啊我都不喜欢。

但是，即使艳遇不断，桃花不绝，我也有寂寞的时候，尤其是过节时，比如圣诞、元旦。前几年在聚会中遇到这么一个姑娘，有点意思，落落大方，楚楚动人。当时正是圣诞前夕，我们相约一起过新年。

整个过程都非常愉快，新年钟声敲响的时候，我们接吻了。说实话当时我还是有些动心的。当然，你们的风格是直言不讳，我也就直言不讳了，本以为会有些什么，但是我们并没有发生关系——"要得到一个男人，不要太急于和他发生关系"，妈妈们这样教导少女们，这让我确信，这个落落大方、楚楚动人的女孩想得到我。当然，再强调一下，我对她的确是上心了。

结果剧情发展很意外。接下来几天我们并没有频繁联系，我主动约她，她也并没有很热情地回应。直到情人节，我约她，我们一起去吃了一顿晚餐。再后来，又陷入了这个死胡同，温度急剧下降。然后又到了去年的圣诞节，我们一起去三里屯，去年新年，我们在世贸天阶底下度过……每次都是这样，美满地过了一个节日，然后似乎她就消失不见了。

就在今天早上，她给我发了一个信息，问我要不要新年晚上一起度过。

我突然明白过来，我对她来说，也许就是节日情人？突然觉得这件事又好笑，又可怜。但是转念一想，其实新年我也并没有人一起度过，还不如和她一起呢。但是我去了，似乎又中了她的计，满盘皆输的感觉。我堂堂九尺男儿，情何以堪啊。

世间所有的烦恼都是这样，对吧？

何

谋大人回信

何：

不愧是广告狗，这么一段故事，被你说得诗情画意的。

那么我告诉你，别犹豫了，落落大方、楚楚动人的姑娘就是在把你当备胎。你就是她的新年情人——只在新年的时候才变成情人的人。

为什么？大概是都市人都太寂寞，圣诞节、新年、中秋节、清明节都当作情人节过，所以，一旦这个时候，一眼望去，朋友圈全是晒礼物的，满城尽是成双成对的。所以，你等没有女朋友的，她这般没有男朋友的，落寞的各自落寞，都该好好反省反省。

但是，不管是圣诞还是新年，哪怕人家成双成对地欢欣鼓舞过大年，也不要为了找个人一起度过而去找个人一起度过。

对于一些人，新年是有仪式感的，倒数之后，和身边的人拥抱也好，接吻也好，他们希望这一刻是有意义的。你也说那一刻你动心了，别怀疑，你这种广告狗，也许就是容易被这种仪式感打动的人，但是对于她，你只是一个新年情人。

这样的话，你就踢了她，好好找一个恋人，一起过圣诞、过新年，而不是找一个节日恋人！

最后，我想说一下，你的来信中，"我堂堂九尺男儿，情何以堪啊"这种充满着莫名的自信的"直男癌"语气，也真的蛮让人讨厌的。

谋大人

---amor27 回信---

亲爱的何：

给你回这封信的时候，我正在一个圣诞派对上，有要好的朋友，有完全的陌生人，只是在喧嚣的音乐与足够的酒精中间，陌生人也不要紧，喝过一杯酒，交换过一则八卦，就可以如老友般亲热谈天。

就像谋大人说的那样，重要如圣诞、新年这般的节日是需要仪式感的。我们与陌生人飞速变熟，你信中描述的与那个女孩的逢节日才相约，都是这种仪式感之下的产物啊。

《老友记》中有这样一集，在新年倒数计时的派对上，每个人都依照习俗，找到跨年那一刻要亲吻的对象，只有 Chandler 落单，在屋子里绝望焦躁地走来走去，大嚷着："Somebody kiss me！"

最后，不堪其扰的 Joey 用自己的双唇堵上了他的嘴。

我想我们终究都还是传统的人，遵循节日的仪式感，不愿在节日落单，希望在倒数计时归零那一瞬间，有个人在身边奉上热吻。

否则，我们每个人心中都会出现一个绝望焦躁的

Chandler，大嚷着"Somebody kiss me！"。

为了这新年的仪式感，你可以选择继续陪伴你的那个女孩做你的节日情人，各取所需，相互借对方的陪伴。

还在纠结跨年要亲谁的 amor27

愿你早日得爱,
在坐上南瓜马车的午夜,

换上童话的玻璃鞋,
奔向幸福的疆界。

Chapter D
寻找自己的
南瓜马车

来信 51

和上司一起出差去伦敦，可能爱上他了

两位：

我觉得自己不会遇到这么傻的问题，结果还是遇到了。

我的上司是个三十五岁的有品、风趣幽默的离异男，暂称他为 Y。我在他手下工作三年，大大小小的错误也犯过，对他的抱怨也有过。

上个月 Y 和我带领我们客户团队去伦敦出差，刚到的时候简直逼疯我。有个客户特别刁难我，我好几次几欲飙泪，都忍住了。Y 也因为当时太忙碌，没有特别管这一块。后来把客户都送走了，我跟 Y 做完任务报告之后，长舒一口气，Y 说："谢谢你。"

其实在办公室里他也很尊重员工，每次团队表现得特别好，他就会很鼓励。但是这次他居然跟我说，要不然就把机票改了，在伦敦过个周末。

因为他以前在伦敦读 MBA，所以对伦敦比较熟悉，之后带我去逛街买东西。

在这里我需要讲一下，我有一个相处快两年的稳定男朋友，也到了谈婚论嫁的地步。这次来伦敦出差，我想给他买个礼物。结果 Y 就带我去挑了一瓶 Burberry 的香水，他说："特别伦敦。"

整个周末 Y 都陪着我，周六晚上还带我去了一家特别浪漫的餐厅，特别体贴温柔。在那一刹那间，我觉得我似乎爱上他了。但是别误会，我们什么都没有发生。在飞回北京的飞机上，我突然心里有点难过，觉得这一切怎么这么快就结束了。

回北京之后，我仍然觉得他在工作上特别照顾和偏爱我。他帮我挑的 Burberry Brit，我送给了男友，每次去洗手间，看到那一瓶 Burberry Brit，我就想到 Y 在柜台让我试前调的样子，他温柔地问我"喜欢这个味道吗"，我觉得这一瓶 Burberry 的味道应该是属于 Y 的，属于伦敦的，而不是在和男友无趣的琐碎日常里。

他在伦敦的时候问我和男朋友的关系怎样，我笑了笑没有回答。我不知道他是不是对我也有一份这样特殊的感情。回来之后我一直不开心。和现男友的生活节奏，我需要打破吗？更重要的是，对 Y 的这一份情感，我需要告诉他吗？

Rela

谋大人回信

Rela：

这不是一个傻问题，任何职场人士都可能会遇到。

多年前我还是惠新东街时尚一哥的时候，经常被邀请去世界各地看秀。在纽约 W 酒店的时候，我和一位同行来了一炮。原因可能是我觉得其他同行都是笨蛋，只有这一位还能说得上话，懂得去百老汇看音乐剧，知道去纽约不仅仅只是买买买，还可以去 highline 公园看一看（注意，这一段是写给我那位没有 visa 的合伙人看的）。

当时我也觉得自己对她有那么几个小意思，但是这种情愫只持续了一点点时间，回来大概两三周就消失殆尽了。

为什么我们出差的时候，会对同行的人产生莫名的情愫？

因为这个时候，就像你说的，我们从日常琐碎里抽离出来了，更能发现同行的人有趣、真挚的地方。

同时，陌生的环境也让两个人的情愫增长得更快。

但是，你用告诉他吗？不用。

就像我说的，因为出差回来之后几个星期这种情愫就没了，你又会陷入日常琐碎里。

即使你告诉他了，你和他有了什么样子的结果，你们回到了正常的生活，你们也会陷入日常琐碎里。

我把这种情愫叫作"出差情愫"，这种情愫就跟旅途一样，是风景，也许很美好，但是你终有你的归宿。

祝你能欣赏风景，也找得到归宿。

谋大人

---amor27 回信---

亲爱的 Rela：

虽然我的合伙人又一次捏造了自己在纽约的经历。相信我，当我在台北 W 看着对面的 101 大厦，一边喝香槟一边听房间附赠的 CD 时，他还不知道 W 酒店为何物。

但他这一次在回信中基本没有扯淡。

你对于 Y 的迷恋是一种短暂的、抽离的"出差情愫"，是属于伦敦的，是属于那一种香氛气味的。

其实很多时候，我们谈恋爱，除了用眼睛，用耳朵，还会用鼻子。

比如，我每次想起初恋，都是那一件蓝色毛衣的味道。

想到曼谷的那一位韩国恋人，都是家中燃烧香茅草的气味。

还有在巴黎的偶遇，也是在床单上打翻红酒，升腾起来的气息。

一个人，一段回忆，一份感情，都会有一种味道，一股专属的气息，来作为凭证。

而你和Y之间的出差情愫，鉴于你们上下级的敏感关系，我并不建议你对他挑明。因为当你回归到原地时，那气味会渐渐散去，感情也未必会持续。

何况一段旅行中的美好情愫，就让它留在旅行和记忆之中，不是更好吗？

但你和现男友之间的生活节奏，也不能继续原地踏步。

要忘记一段感情，一段回忆，一段味道，只有用更强烈的感情，更丰盛的回忆，更浓烈的味道，来盖过，来代替。

不如和现男友去一起旅行吧，在旅行之中寻找属于你们的新的气息。

愿你找到自己的芬芳。

amor27

来信 52

男朋友说
嫖娼是工作需要?

你们好，贱嘴们：

　　我是你们的忠实读者，我想在这里请教一个问题，想问你们怎么看待因工作需要而娱乐，以及社会上这种风气呢？

　　男朋友在这种风气下长大，他爸当年办厂的时候玩过，他妈妈忍了，他表哥现在也偶尔因工作陪着人一起娱乐。他觉得因工作需要而娱乐是正常的，我说不是，他说我单纯，说这是社会上的人情世故，我没有更好的词语来反驳，但是我觉得就是不对，我很苦恼，希望可以指点迷津，谢谢。

云云

---- **谋大人回信** ----

云云：

我一直觉得，以"工作""生活需要""社会风气就是这样"为自己找借口的人，都没有健全的人格。

你问我怎么看待因工作需要而娱乐，我觉得这种人就是自己想玩。你问我怎么看社会上这种风气，我觉得这种风气简直就是为渣男的存在找借口。

这种借口，对妻子或者女朋友，是极其的不尊重。还要以"单纯，这是社会上的人情世故"来摧毁妻子或者女朋友的道德感，这种男人太恶心了。

你觉得这样的风气不正常，就应该立即和这个男朋友分手。你说"男朋友在这种风气下长大，他爸当年办厂的时候玩过，他妈妈忍了，他表哥现在也偶尔因工作陪着人一起娱乐"，如果你真的和他在一起结婚生子，你觉得你能允许你的孩子在这种家庭环境下长大吗？

最后还是强调一下，别再跟我说"别人都这样""社会风气就是这样"，因为，在一个脏得像一坨屎的世界里，其实每个人都能够为自己做出更好的选择。

谋大人

amor27 回信

亲爱的云云：

首先我想告诉你，因为工作需要而娱乐的现象在这个不会好了的社会里，是的的确确存在的。

在我还是枚小小娱记的时候，有一年去南昌跑金鸡还是百花电影节，开幕式结束那天晚上，一群同行说辛苦了，要去酒店地下一层的按摩店捏脚。

当时我们住的是如家还是汉庭酒店，刚入行单纯如我，以为去酒店正规的按摩店捏脚就是正儿八经的捏脚。

直到领班领出一排环肥燕瘦的女人，穿着暴露，搔首弄姿地站在那儿等着被挑选。

记得当时同行里面，有一个在重大开幕式上一举成名，现在已经完全跌落谷底的著名童星的父亲，是北京某都市报的摄影记者。他一马当先，搂着两个姑娘，就不知道消失去哪里快活了。

我有些蒙，却还是强作镇定，等其他同行一一挑选完，冲领班摆摆手，跟另外一位同样蒙的媒体新人，默默上了楼，找地儿吃粉去了。

几年以后，我已经成长为一名饱经考验的时尚杂志编辑，对于这个社会和各种工作环境，有了一定的辨识能力和抗压经验。

然后有一年年终，某公司年会，请媒体去，酒足饭饱之后，移步位于北京三元桥附近的某知名大饭店开展余兴节目。

这家大饭店当时在媒体圈颇有知名度，很大程度上是因为饭店大老板是个畅销书作家，其作品被改编成的影视剧，也捧红了好几位明星。

我以为，去这样的大饭店的KTV唱歌，总该安全了吧。

直到公司高层们开了两间房，然后我有些奇怪地发现，两间房按照性别分开了。

直到我再一次看到领班领出一排环肥燕瘦的女人，穿着暴露，搔首弄姿地站在那儿等着被挑选。

当然，这次只是比较单纯地陪唱唱歌，喝喝酒，谈谈心，摸摸小手。于是我也就镇定地和其他高层以及媒体同行们一样，挑选了一位佳丽，唱了两首歌，说了会儿话，然后我就找了借口先走，找地儿吃烤串去了。

所以，因为工作需要而娱乐，这个现象在社会上的确是存在的，并且是屡见不鲜的。

但是，这并不代表我们就一定只能选择同流合污，并且将这不好的风气沿袭下去。

我们并没有那么无奈，我们其实还有别的选择。

就像谋大人说的那样，在一个脏得像一坨屎的世界里，其实每个人都能够为自己做出更好的选择。

我们依然可以想象，这个一坨屎的世界是粉红色的。当别人都在吃屎的时候，我们也可以选择，委婉地说"不"。

最后，我的意见也是跟男朋友分手吧。在一个母亲容忍父亲娱乐的家庭中长大，然后自己找借口娱乐的男人，是不会给你幸福的。

这种行为是种病，是很容易得的病，敬而远之最好。

谋大人是一坨屎而 amor27 是粉红色的

来信 53

如何婉拒
客户给我介绍的男朋友

两位大人：

最近有一事非常之苦恼，所以写信求助，深切期盼二位回复。

我是个姑娘，我有一位非常重要（指业务方面）的客户，人很好，也很热心，前不久给我介绍了一个对象，就叫他"土行"男吧（土豪+投行男）。客户其实并不认识土行男，是在某个群里看到某个群友发出的土行男的征友信息，然后客户联系群友，再将土行男介绍给我的。

客户给我介绍是出于好意，因为我工作特别忙，根本没有时间交男朋友。最开始客户把土行男的照片给我看的时候，我就觉得达不到我外协党的标准，但又不想驳了客户的面子，所以同意和土行男联系。结果那个群友先找到我，问了一堆查户口的问题，我再次出于不想让客户难堪的理由，应付了过去。后来群友大概是把我的信息转达给了土行男，他觉得可以见面，才开始直接和我联系。

之后我就和土行男见面了，他迟到了半小时，一上来就跟我聊中国有三个叫春的城市，还有哪些城市的美女最漂亮，我硬着头皮看着他旁人无法直视的脸，聊了十五分钟就让朋友打电话叫我走了。

之后我把整个过程告诉了客户，客户问我 10 分满分我打几分，我给了 4 分。我以为客户会明白我的意思，结果并没有，而是问我是不是再接触接触，我说可以再聊聊投行业务。

之后土行男一直在给我发微信，通过一些简短的对话，我知道我们的兴趣爱好基本没有重叠，价值观也是南辕北辙。后来他的微信我基本不回，或者过几个小时回一条，并且跟土行男表示我是工作狂又向往自由，目前不想结婚。

然而，昨天土行男问我这周是否有时间见面，我想到他的脸就头皮发麻，直接以工作忙推托了。后来我因为工作的关系联系上客户，约好周五晚上一起吃饭、看话剧，客户问我和土行男怎样了，我说我太忙了实在没时间，客户发了她和之前那个群友的聊天记录给我，大意是土行男约不到我，想问问怎么办，关键是客户竟然跟群友说我还是有点意思的！

后来那个群友直接微信找我，说土行男被我勾住了（我真的一点都不开心），让我以个人大事为重，抽时间约会。我直接表达了我目前阶段以事业为大，不想分心，并且我单身多年，一个人也过得不错的想法。

不知道是不是我说单身多年刺激到了这位群友，他竟然开始跟我说他有个朋友单身多年，但有固定的性伴侣，我明白他是想套我的话，但真的被恶心到了。按照往常我早就翻脸了，但还是想到客户的关系，我很耐心地发表了我对单身男女有性伴侣表示接受，但我个人有精神和生理洁癖的观点，并且以"我们没有必要再讨论这个话题"主动结束了对话。

客户并不知道我和群友的对话，依然在催促我抽时间去约会，目前我已经跟客户说好周五把土行男叫出来，一起见面吃饭。客户是做人力资源的，也算阅人无数吧，我希望可以让客户自己去否定土行男，这样也不伤害我和客户的关系。

啰啰唆唆说了一大堆，不知二位大人有什么建议，万一见面以后客户依然让我继续交往，我该怎么办？

提前谢过！

觉得单身真的挺好的 S

谋大人回信

觉得单身真的挺好的 S：

我在赫尔辛基，没什么时间回信，那么我就主要讲三点哈。

首先，工作和私人生活要分开。

你要向客户展现的是你的工作能力，而不是让客户把给你工作上的便利当成是侵犯你私人生活的一个筹码，这样做很讨厌。

再次，说实话，我觉得我刚刚说的第一点哦，放在中国这个社会似乎也行不通，因为对身边的很多人来说，工作和生活就是密不可分啊。

那么我告诉你个方法，就是把和这个男生的交往当作是你工作的一部分。

你这么想，很多事情就能坦然处之了。

一旦这个客户给你下好了单，对你没用的时候，就一脚把这个男生踢走。

最后我想说的是，所谓臭鱼配烂虾，什么样的土豪客户就有什么样的朋友。希望你远离这种工作圈和生活圈。

谋大人

--- **amor27 回信** ---

亲爱的 S：

在回复你的来信之前，我想说，老天爷，快把谋大人从北欧带回来吧，我真的厌倦了看他毫无头绪的第一第二第三！

不过他倒是有一句说对了，姑娘，你得学会把你的工作和私人生活分开。

从一开始，你就不应该答应客户替你介绍男朋友，因为这完全是不可掌控和预期的事。

现在你觉得不合适了，却又无法说出口拒绝。如果觉得合适，在一起了，日后分手可能会闹得不可开交。无论哪种结果都势必会影响你和客户之间的职场关系。

所以，当最起初客户开口的时候，你就应该故作娇羞地说："哎哟，其实人家一直有男朋友啦，只是他很低调。"或者说："我男朋友在国外留学，很快就要回来，我们就要结婚啦。"

请记住，客户只是客户，不是你的七姑八婆，也不是你的三五好友，没必要把你的私人生活事无巨细地告诉他，更不要让他牵扯进来。

朝九晚六之后，拍拍屁股离开办公室，跟客户的交集也就应该仅限于此。

当然，现在再说这些为时已晚，毕竟你们已经见过，而且对方对你还颇为有意。这时候你能做的，不是像你现在这样拖，而是快刀斩乱麻，直截了当又注意方法地跟客户以及介绍对象说出你真实的想法。

一味称忙来逃避和土行男见面，对你目前的处境并没有任何帮助，倒不如约出来，说你目前暂时还没有谈恋爱的想法，大家都是成年人，相信对方能够了解你的意思。

然后再和客户如实讲出你的感受，当然只用讲出你对土行男没有感觉这一方面，对方的缺点就无须赘述，相信客户也并不是不能接受。

我不止一次讲过，任何关系中，有效的沟通都是必须的。无论是你和客户在工作之中，还是面对客户给你介绍的不如意的男朋友。

不若就把土行男当作你和客户工作交集中出现的一个小事故，用你的专业，用诚实有效的沟通来解决掉吧。

最后，我想说的是，当我们长时间单身的时候，我们都会自我欺骗和麻痹，觉得单身挺好，直到遇见那个对的人。

所以，S，祝你早日遇见。

觉得心里有个人挺好的 amor27

来信 54

总是给笨同事
擦屁股的我应该怎么办？

两位：

  我和另一位同事被分配到单位的窗口工作，这个同事二十三四了，业务知识基本为零，电脑办公技能基本为零，最要命的是她随时会处于脑袋放空的状态，于是就有可能听不懂对方说的话，一年了，学也学不会，业务依旧生疏。

  但是这个女孩又没有坏心眼，因此每次看到她因为不懂、不会而憋红了脸时，我只能把活儿揽过来帮她解决，而我同时还要负责自己的业务。所以，基本上我是干活儿状态，她是玩手机、聊天的状态。有时候我真想问她为什么这样笨，为什么笨还不学。

  我也曾经被人骂过笨蛋，知道笨的滋味和被骂的滋味，所以才一直努力地把工作做好，有时甚至是强迫症似的要"完美"。而当我看到这个同事这样年轻却不努力的时候，真替她着急。

　　请问，人到底会笨成什么样？是不是有的人永远都不会自我觉醒？哪怕一点儿自省呢？

　　谢谢！

晓晓晓

谋大人回信

晓晓晓：

　　我想，你的来信中提出了两个问题。第一个就是：笨同事怎么那么笨，还不努力，这件事情合理吗？

　　我很喜欢你说的这一句话："我也曾经被人骂过笨蛋，知道笨的滋味和被骂的滋味。"也许正是因为这样，你才努力变成了聪明的你。

　　但是有一种人，他们的智商是有极限的。你问"人到底会笨成什么样"，我告诉你，他们会笨得连他们自己也不知道自己是笨蛋。"是不是有的人永远都不会自我觉醒？哪怕一点儿自省呢？"很遗憾，是的。

　　你要问的第二个问题是：别人的蠢，影响到了我，怎么办？

　　"所以，基本上我是干活儿状态，她是玩手机、聊天的状态",显然你是有不满的。

首先,你要抛弃圣母心态。如果你在工作中遇到一个贱人,你可能会毫不留情地回击。而遇到一个"没有坏心眼的笨同事"给你带来的更多的工作,你可能觉得你要挽救她,你要帮助她。

但是你的好心帮助,对于她来说,可能永远不能起作用。因为笨人之所以笨,除了智商上的极限,还有情商低。她甚至都可能意识不到你在帮她,她也许还会觉得那是应该的。

你应当立即明确工作职责。她的事情不要插手,让她自己独立去完成。在这期间,她可能被骂笨蛋了,她可能独自啜泣了,她可能有很大的委屈——这也许会帮助她成长。

我一直觉得"蠢即是恶"。这种蠢,是一种故步自封的蠢。如果一个人很蠢,又不求上进,给别人带来麻烦,自己还意识不到,这就是恶。

谋大人

---**amor27 回信**---

晓晓晓:

看完你的来信和谋大人的回信,都洋溢着一股自鸣得意的劲头,我只想说,呵呵。

什么"蠢即是恶",什么"别人的蠢,影响到我",一副站在智慧高点的嘴脸。

自以为很聪明的谋大人,这些年来,其实一直有我含辛茹苦地给他擦屁股。他还好意思在这儿指手画脚,说别人笨,说"应该如何怎么办"?

其实吧,都到这个年纪了,这份儿上了,没有谁真傻,谁真聪明过谁。

你眼中的笨同事,没准儿是扮猪吃老虎。

你自以为的聪明,没准儿在别人眼里,才是真的笨。

你在这边跟我们抱怨,给笨同事擦屁股如何辛苦。没准儿那边你以为的笨同事,正一边玩手机,一边聊天,一边乐着呢!

"那个傻子,以为我真傻啊,替我把活儿都干了呢。"

所以呀,晓晓晓,长点儿心吧。这世界,真不一定谁比谁傻。

心好累的 amor27

来信 55

"长得漂亮"
就在工作上有优势？不服！

两位：

我们公司招来了个 89 年的姑娘，每天打扮得花枝招展地来上班，张口闭口就是自己又用了什么化妆品，买了什么昂贵的包。

我本来对这种人并不是很反感（反正我自己不是这样的人，我还是觉得我扎扎实实地做事，老板总是会赏识我），但是她来了之后，我发现她影响到我了。

我们公司和那些虚头巴脑的外企啊什么的不一样，是一个扎扎实实的事业单位，提供电力解决方案。我在的国际部有很多出国的机会，这个女生来了之后，老板已经带她出了两次国，而且一次是美国，一次是墨西哥。之前老板出国都是带我去，我都能把工作做得很好。

我觉得挺沮丧的。难道就是因为她会化妆，长得漂亮，得到的机会就比我多吗？我父母教导我，实力才最重要，所以我一直对自己要求很高，从来不在乎这些肤浅的化妆品、奢侈品什么的。但是现在看来，似乎老板就喜欢这种肤浅的人啊。

是不是这个世界都是这样？你们说呢？

胜男

谋大人回信

胜男：

你虽然嘴上说对这种人并不反感，但是从你的来信中，"每天打扮得花枝招展，张口闭口……"这些句子中，看得出你在这种人面前表现出的毫无理由的优越感。

所以，我要告诉你，是的，世界就是这么肤浅。

你的老板这么肤浅，只带漂亮的用高档奢侈品的姑娘出国，放在身边觉得倍儿有面子。

更肤浅的是你。你一厢情愿地认为"长得漂亮、会保养、用奢侈品"就是肤浅的人。

你只看到了你的漂亮同事张口闭口就谈奢侈品、爱化妆，你看过她做的PPT吗？她也许会八国语言，她可能订机票、订酒店比你麻利，你却都不知道，你就是这么肤浅。

最后，说一下，一个公司如果要派人出去谈判，不一定会派最漂亮的出门，但是一定会派一个聪明伶俐、举止得体的,不管是你所在的"扎扎实实的事业单位",还是"虚头巴脑的外企"。

顺便说一下,真不知道你这充满优越感的事业单位范儿从哪儿来的。

谋大人

--- **amor27 回信** ---

胜男:

虽然很不情愿,但是我不得不站在谋大人这一边。

在你的来信中,最肤浅的那个人是你。你的来信之中,充满了偏见。"长得漂亮、会保养、用奢侈品"就和肤浅、工作能力差画上等号了吗?其实这之间并没有必然的联系。颜值和工作能力,完全是可以成正比的。

我觉得我本人就是一个很好的例子啊。

当然,像谋大人这样,长得丑,不保养,也不爱用奢侈品的,也不一定就工作能力差。但是如果我是领导,在两个工作能力差不多的下属之间,我必然会选择那个长得漂亮,又注重保养和生活品质的啊。

谁希望成天带着一个苦大仇深,又不赏心悦目的下属出去工作啊。这也就解释了为什么我从来不和谋大人同时出现在一个公众场合,实在是拿不出手啊,我的合伙人。

女性活得漂亮是不限于年龄和外表的。换句话说，无论你年龄几何，外表漂亮与否，都不影响你拥有强的能力，活出漂亮的样子。

长得漂亮是女性对于生活的一种积极态度和自信，女生爱美的天性值得鼓励和尊重。活得漂亮就是以积极的态度面对生活，而实现这一点最重要的就是让自己变得精致。

亲爱的胜男，你是不是开始逐渐领悟到一些什么了？

请用更加积极的态度面对自己的外表和人生，自己变美的同时，让世界也跟着一起变美。

是的，胜男，无论是在职场，还是日常生活当中，如果一个人能够精心呵护自己的外表，这会更有助于她的内在美由内而外散发出来。

而与其共处的，无论是领导，还是朋友，也会更加心情愉悦。

我想是你从小受到父母的错误观念教育，根据"胜男"这个名字，没准儿他们从小把你当个假小子来养，而长大以后，你也一直亏待了自己的外表，才导致你在职场遭遇了你所以为的"差别对待"。

只是，一个人如果连自己都打理不好，又怎敢去苛求她的工作能力呢？

嗯，真心祝愿读贱嘴的大家都越来越美。

amor27

来信 56

老板娘对我有异议，老板就刁难我

亲爱的贱嘴：

老板是个奇怪的人，加班在他那里的定义是效率低，可是他招的人又都是实习生，不给多高的薪资。广告狗每天几乎都要打车回家，但是他让我们每月只能报销二百五十块……

有时我喜欢他的创意，有时我讨厌他的为人。我一个毕业一年的做文案几乎忙得不像样子，还要教那些刚入门的实习生，可我依然选择乐观对待，去学习。

可是今天我突然发现自己得了皮肤病，发现亚健康问题很严重，一个大男生的内心开始脆弱，我本想今晚好好休息，明天去看医生，但却因为老板娘对我的异议（的确成果没有想得比她好，但我的时间让我交出去的质量只能如此，公司比稿几乎周一 brief 周四就提案，公司小只能如此），老板就对我百般刁难，所有文字都要揪出个毛病才罢休，有的问题真的不是问题,但一定要改……

最后,我又被安排重新写了一遍。他说,公司为什么没了他屁事都干不了。可是我负责文案,对于实习生做的设计真的给不了太多帮助,所以他一直揪着我说我无能。我反馈说:"资深设计师不在,你不在,客户中午心血来潮下午就要,保质保量还要精品,我掌控不了。"

然后他说:"所以是我对你要求高了?"

他让我明天跟他去开会,我说我要看医生,我的内心真的很凉,那种身处大都市但没有一处灯光能够照亮你心脏的矫情都出来了。想到明天要去看医生,病情未卜,今日走出大门,我居然掉了泪。

我想问亲一个问题,这份工作要辞掉吗?老板平时对我蛮好,因为我是公司最早加入的小青年,毕业至今只在这里工作过。别的公司什么样呢?

刘兔头

amor27 回信

亲爱的兔头:

读到你的来信时,我刚刚吃完重口味的早餐——从成都带回来的双流老妈兔头。那味道,真是好极了。

吮着手指，我决定认真细致地回答你的问题。你问我们，这份工作要不要辞掉。

当一份工作让你患上严重的皮肤病，出现亚健康问题，甚至让五尺男儿在走出公司大门那一刻流出眼泪来。

你说这一份工作，你要不要辞？

其实，从你来信中所描述的来看，我觉得你在的公司存在最大的问题不是忙，不是加班没报销，不是老板不体贴，而是——因为老板娘对你的异议，老板就对你百般刁难，所以这是一家夫妻店喽，家庭式小作坊喽。

我的天哪，在所有必须立刻辞职的奇葩公司里，夫妻店永远是我排行榜上的第一名。

朋友曾经待过一家公司，老板是个英国人。老板娘原来是公司的供应商，工作中偶遇老板之后成婚，摇身一变成为公司的二把手。夫妻俩携手排除异己，一言不合就开人且不赔偿，这也就罢了。

最可怕的是，老板娘善妒，老板惧内。但凡单身还算有点姿色的女员工，稍微和老板有一些接触，不日之后总会被老板娘找茬开掉。

作为一名单身女性，朋友在权衡之后，还是决定在被开之前自己离开。虽然我反复跟她说："跟谋大人一样，你没有姿色可言，是绝对安全的。"

还有一位好朋友，之前被前资深媒体人忽悠跨界去做时装品牌，不想也误入夫妻黑店之中。

更可怕的是，毫无行业经验却又虚张声势的前资深媒体人夫妻，还找来了亲哥出任 CFO（首席财务官）。上任伊始，就搞出了"5000×200=100000"的笑话。

被夫妻加亲兄弟组合凉透心的朋友，终于选择在品牌开店前夕和另外几位高层一起离职。

是的，对于生活，我们是保有期待的。可是对于夫妻店，我真的一点期待都没有。

和国外那些家族企业不同，国内这些夫妻店的小公司基本上就是跟管理混乱画上等号了。无论是对你的职业发展，还是对你的个人生活，我想都没有半点的好处。

亲爱的兔头，不要再纠结于什么老板对你好，什么你是最早加入公司的，你应该考虑的是你自身的发展，甚至更简单的，是你的身体健康，没有什么比这更重要的了。

恕我直言，作为一名文案，你来信中的文字并不那么流畅，我想，这也跟你在一家小公司，每天只是疲于应付工作，而没有系统的职业化培训，得不到自身发展有关。

作为刚刚毕业一年的社会新鲜人，这些才是你现在应该考虑更多的。

辞职吧，养好身体，同时多读书，培养好自己的职业技能，这样才能迎接下一份更好的工作。

真诚祝愿的 amor27

谋大人回信

兔子头：

你发现没有，只要一遇到职场问题，amor27 的解决方案就是辞职，辞职，立马辞职。

每次他撒手丢活儿给我的时候，我本来要发怒，但是我的一个朋友说："原谅他吧，胖子都有公主病啊。"

首先，夫妻店不是衡量一个公司或者一份工作的标准。

你在夫妻店里遇到"老板娘对我的异议，老板就刁难我"，你在大公司里就会遇到"女秘书跟老板睡了，老板却来刁难我"这样的问题。

对于像你一样新入职场的菜鸟，我有几点要说。

一、身体最重要。

这一点没什么说的。身体出现异样请立即去看医生，这时候如果老板娘突然被车撞死了，你也要去看医生。

二、懂得排解压力。

身体不好的时候，情绪也会低落，要注意调节情绪。

"我的内心真的很凉""居然掉了泪"，这些事我们都遇到过啊。你是没见过 amor27 在医院里一边打点滴一边放声大哭的蠢相，现在想起来，只恨当时没有录下来。

三、要理解人都是有多个棱面的。

你说"有时我喜欢他的创意，有时我讨厌他的为人"，老板平时对你蛮好，但是也会对你撂"所以是我对你要求高了"这样的狠话。对啊，人就是这样。他有创意并不代表他必须是个好人。他这个时候对你好，但是下一刻就会故意为难你。慢慢去理解。

四、老板就是老板。

既然他还是你的老板，那么你的职责就是为他打工，使他的利益最大化，而不是你的难处云云。他对你的要求，就是一个老板对一个下属的要求，也不会考量"资深设计师不在，你不在"什么鬼话。

你说的这个场景，我们来转换一下。资深设计师不在，老板不在，客户中午心血来潮下午就要文案，如果这个时候你交出好的东西，为老板挣回了一单，是不是效果不一样？

五、在工作中迅速成长。

如果你是个聪明人，不管是一个大企业，还是夫妻作坊，你都能从中找到亮点，迅速吸收知识和人脉，转换成自己的资本。你也提到你喜欢他的创意，那么就跟他学习。他怎么构思的？平时他读什么书？他有一套自己的方法论吗？

六、不要随意辞职。

再说一遍，我不赞同工作中遇到个问题就辞职，尤其是人际关系的问题。工作，还是需要严肃认真对待以及诚恳努力的。

谋大人

来信 57

有梦想，
就抓住每一个此刻

贱嘴：

看过很多你们讲生活、讲梦想、讲选择的来信，我想跟你们分享一下我的想法。

我小时候学过七年钢琴，但是不知道是幸运还是不幸，最后父母并没有让我考艺校。于是我像普通人一样，考了一个"211"大学的工商管理专业。之后一路也算顺畅，毕业后进入了一家外企做商务，今年三十二岁，已经是公司的中高层，带一个小二十人的团队。

说实话，我自己挺满足的。但是，我觉得我的人生还是有一些遗憾的。

其实我真心喜欢爵士钢琴的。

前几天谈下了一个单子，下班后和团队一起去酒吧庆祝，突然听到几曲轻快的爵士钢琴，我走了一下神。看着带领的团队热热闹闹的样子，我想，如果我当年坚持学钢琴的话，是不是现在也可以达到这个水平了？

但是仔细想想，也许坚持学了钢琴考艺术院校，我就不可能再学英语专业，也许，这欢快热闹的庆功宴的主角也不是我了。

家里的钢琴已经落灰，有时候想再捡起来，才发现已经指法生疏，而工作本身就很忙碌，再也找不到时间练了。

但是，不要误会。读过你们鼓励很多人去追寻梦想的来信，来信者却都是苦大仇深，对现状不满。而我并不是不喜欢现在的生活状态。相反，我非常喜欢。我也很明确地知道，自己并不会去追寻这个爵士钢琴的梦想。

我只是想弄明白，对生活目标很笃定的人，是不是都像我一样，有一个永远无法实现的小小梦想？

Susan

谋大人回信

Susan：

这是最近收到的语言最优雅的来信了。但是，我还是想提醒你一下，"于是我像普通人一样，考了一个'211'大学的工商管理专业"，这句话有明显的逻辑错误。世界比你想象的大很多，"普通人"并不都是会读你口中的"211"院校的一个热门专业。我想你要表达的意思是，艺术道路只是一小部分人的选择。

其次，我来回答你的这个问题。

是的，我们每个人都像你一样，有一个永远无法实现的小小梦想。

但是，因为我们现在对自己的状况很满意，所以，这些小小的愿望或者梦想就被埋藏起来了。直到有一天碰见一些奇妙的出发点，自己才想起来，哦，我在这个方面天资也不差，要是我当年……现在也能够……

我当年也画过七八年的水粉画，但是后来放弃了。我学了英语专业，毕业求职，然后就到了今天，跟大多数人所设想的既定道路一样。但是我仍然想出一本绘本，然而这个愿望永远无法实现，因为，我现在已经分不清 xx 和 xx 了。

这不是梦想不梦想之类的问题。你要接受一个事实，就是森林里有两条路，你选择了这一条，那么就会错过另外一条。

你自己也提到，你对你现在的生活挺满意的，我好想问，那你还矫情个什么劲儿？

谋大人

amor27 回信

亲爱的苏珊：

读到你这封措辞优雅、文笔优美的来信时，我刚刚收到朋友提前给的生日礼物——一台黑胶唱片机和一瓶酩悦香槟。

在上海还有微凉风吹的晚上，我在家里的露台上喝下一杯升腾的气泡，听唱片机里林忆莲唱老旧的歌曲，被你的梦想所打动。

是啊，我们每个人都有或多或少或大或小的梦想，而这些梦想，又是那样美好。

但我想说的是，梦想并不是森林中的两条路，选择其中一条，就无法选择另外一条。

而我们的梦想也并不是无法实现，只能缅怀凭吊的。

与其活在对过往的追溯，想着如果当初怎样，现在会不会如何，不如选择活在当下，抓住每个此刻，为梦想的实现而努力奋斗。

至少我是这么做的。

南方的小孩满月时都有抓阄的习俗，据母亲说，当时的我毫不犹豫地直奔纸笔而去，一把牢牢抓在手里。

翻开中学时候的日记，里面也写着人生志愿是出一本书。

而我最后大学报考的是北外的英文系，毕业以后虽然从事的是媒体行业，但距离写字出书也还有一段距离。

亲爱的苏珊，你在来信当中写道，你明白自己，不会再追寻那个钢琴的梦。

可是，为什么不去追寻呢？

时过境迁，没时间往往是我们用来抵挡梦想的借口，也是我们用来麻痹自己接受现实的药剂。

我只知道，写字是我唯一可以抱住的梦想和乐趣。纵使工作再忙再累，我也会坚持。从 blogcn（中国博客网）到 blogbus，从新浪博客到微信公号。

我知道，我唯一能够做的，就是把握每一个此刻，用文字记录下来。

苏珊，你有什么不可以的呢？你要充满自信，把每一刻都当作实现梦想的人生经历，不留遗憾。

也许你会说，你现在是商务公司的中层，带着团队，和弹钢琴的诗意生活距离遥远。

可是，谁说人生一定要是一个样子的？生活中有无数个此刻，而每一个时刻都是不同的，都是五彩缤纷的。

因为那些小小的梦想，我们的人生才如此鲜活。

亲爱的苏珊，开启、鲜活、畅玩、欢庆都是我们人生之中的重要时刻，贯穿着我们追求梦想和更美好生活的每一步。请你抓住每一个时刻，不要找借口，不要再逃避，有梦就去追，有此刻就去抓，这样我们的人生才能足够精彩。

amor27

来信 58

新同事老是炫耀自己的"露易丝胃痛",我要笑死了

两位:

前几天团队里来了个新同事,背了一个 LV 的包。有一天我不小心碰了一下,她就大声说:"哎哟,这个露易丝胃痛包包,是我在法国买的。"

前几天大家一起开会,闲暇时候谈到男朋友。她说她去法国的时候只给男朋友买迪奥"霍"摸的小西装。搞了半天,我才弄明白,她说的是 Dior Homme,我简直笑死了。我说:"大姐,你太搞笑了吧,Dior Homme 里的 H 不发音,应该是迪奥喔摸!"

她翻了个白眼,然后又说她自己买露易丝胃痛的包的时候,店员让她喝香槟什么的,我简直受不了了。我说:"拜托,你能发音准确一点吗?不是露易丝微痛啊,是路易威'动',重音在最后一个音节上!"她居然不知道 Louis Vuitton 里 s 不发音,t 也应该发成 d 的音!

她居然说:"拜托,这些大牌的名字就是很难念啊!"我听完后又觉得好笑,你一个时尚行业的,连这些都不知道怎么读,还在这个行业工作什么啊。

我实在很讨厌她这种没什么真实水平,又来时尚行业的人。说实话,时尚行业就是被这种人搞得乌烟瘴气,大家都觉得我们是在装。我在法国读的奢侈品管理,一看到行业内这些人都这么不专业,又觉得挺没劲的。你们说是这样的吗?

Amélie

谋大人回信

Amélie:

首先我没弄清楚你到底想问什么问题。不过,我在敲你的名字的时候,生怕把 e 上面那个斜给漏了,怕你到时候说:"原来惠新东街时尚一哥就是这水平啊。"

是的,你说的都没错。她读成露易丝胃痛,她读迪奥霍摸,都严重拉低了时尚行业的水平。我当时尚记者的时候,这种人见多了。我还碰见过把 Marc Jacobs 发成"马克雅各布"的。

"哎呀,亲爱的,你的马克雅各布的包包好好看啊。"

我简直要吐了。

但是,艾米丽,说实话,你知道真正的该行业的人怎么说的吗?

"Oh，is that a Luis？"

"Kris Van Assche made his own contribution by elevating him as the original homme Dior."

大多数行业内人士谈论 LV 的时候只用 Luis 指代，谈及 Dior Homme 的时候也不会生硬地把 Dior Homme 这样几个词眼用正常顺序说出来——是的，作为行业内的你，我估计你不是这么说话和指代的吧？我觉得你严重拉低了该行业的档次。

看看上面的话，我的语气是不是蛮让人讨厌的？但是，是不是又有点熟悉？

艾米丽，说实话，爱炫耀又蠢的人虽然讨厌，但是，更让人讨厌的人就是你自己。

你塑造了一个"就老娘最有品位，最懂，最适合这个高端的行业"的傻子形象。

最后，我说三点：

一、奢侈品管理基本上都被你这样的人所占领了，没什么好骄傲的。

二、穿 Dior Homme 的都是骚男人。

三、即使，即使这样，我们——是的，我和你——真的忍不住啊。

谋大人

―――― **amor27 回信** ――――

爱美丽小姐：

  我觉得你和"山西女子煤矿报"出来的谋大人一样，有一个通病，就是只看表面功夫，特别肤浅。
  比如谋大人，成天纠结什么格式啊，对齐啊，单字成行啊。
  我只想对他说，并不会有人在乎。
  我想，大家真正在乎的只是我们有没有写出好文章，以及谋大人有没有又发吓人的小视频吧。
  就像念不念得准那些洋大牌的名字，其实也没有什么紧要，因为这些发音拗口的大牌的共性是品牌背后的精神、悠久的历史、凝结的匠心和优良的真材实料，这些才是最重要的。

amor27

来信 59

就因为我年龄小、没结婚、没孩子，替班调岗的都是我？

亲爱的贱嘴：

因为工作性质原因，单位都是女生，平均年龄三十左右，我作为倒数第二小（二十四周岁）。我有时觉得愤愤不平，当然理解大多数都是家庭妇女，家里的事多，孩子生病，老人身体不好，所以替班调岗都是我来。

记忆犹新的是去年夏天我中暑了（这边是中国火炉，最热的时候38度），领导让我去替班，结果我热晕了，想吐，于是我请假。结果因为怀孕请假的，家里"有事"请假的，没有人去上班，只能是我来。而且也没有算加班，因为上班时间没有延长只是去别人的岗上替班。

我有时候劝自己："你没结婚，你年龄小，应该多干点，应该去做这些事，说明领导需要你，你能力强。"但为什么每次都是我？因为我不好意思拒绝，所有人都有"适当的"理由拒绝，而我的理由不能说。

我的爷爷奶奶跟我们一家三口住一起,他们固定认知我上什么班就是什么班(他俩平均年龄八十),所以我换班就造成许多不方便,例如起床时间的改变。平时的时间我回不来,就会打电话,告诉他们了也会忘记。虽然我还没有结婚,我没有孩子,但是我觉得老人更加重要,因为父母一直很孝顺,我虽然不能做得那么好,但是想尽可能地让他们多睡会儿,不会担心我在干吗,不会大家一起吃饭却要等我回家。

但是这个情况我无法说,同事们都不能理解,因为她们都没有这么好的爷爷奶奶时刻挂念自己。

着急得哭了,明天又换班换岗的巨蟹女

---

amor27 回信

亲爱的巨蟹女:

你的签名让我倍感亲切。巨蟹这个星座,是让我又爱又恨又心有余悸的。我大学时最要好的两个兄弟、连续几任的恋爱对象、爱过的、暧昧的、伤害我的,都是巨蟹。

以致遇到新的恋爱对象,询问星座,得到答案,我只能拍一拍脑门,又好笑又无奈地自言自语:"哦,又是我命犯的巨蟹啊。"

你在来信中倾诉的问题,不仅仅是你一个人在特殊工作环境中遇到的特殊问题，其实是很大一部分巨蟹在工作中会出现的困境。

因为你们渴求安稳，又不懂得拒绝别人，像那首老歌里面唱的"把所有问题都自己扛"。

体现在工作上，对于领导、同事甚至下属提出的要求，即便有时候是无理的，你们也很难去拒绝，不忍拒绝，也不会拒绝。

像寄居蟹一样，你们把重重的壳往自己身上背，压得气喘吁吁，也闷声不说什么。

至多和身边亲近的人，或者和贱嘴小小抱怨两句。

可是，下一次，领导、同事甚至下属再提出要求，你们还是会默默忍受，一力承当。

谋大人说，我解决职场问题的办法，只有辞职一条。说真的，对于你目前这种处境，对于巨蟹如此重视家庭的星座来说，辞职真的是很好的选择。

因为，我知道巨蟹的心里面是渴求自由的啊！虽然你们外表上看起来是那么安稳、踏实。

其实，无论哪个星座，哪个人，哪个物种，谁不想自由呢。

希望所有的巨蟹都可以获得你们想要的自由，不被任何人、任何事、任何工作、任何感情、任何眼光、任何世俗牵绊。

这也是我想给你的最大的祝福。

amor27

谋大人回信

亲爱的巨蟹女：

我的合伙人 amor27 护照上没几个签证，没去过北欧，品位和品味分不清楚，所以没什么见识，处理问题都是：情感不顺心——让他（她）滚；生活不顺心——去远方；工作不顺心——辞职吧。今天回答你的来信的时候，他还搬出了星座这种伪科学。说实话，我觉得信星座和写星座分析的人都是大傻子。所以，我在这里还是要说一句喜闻乐见的话：别听 amor27 瞎扯淡了。

"都是家庭妇女，家里的事多，孩子生病，老人身体不好"，我太烦这种家庭妇女了。你家里事多，你别来上班啊，白拿工资，把活儿推给人家做，这算怎么回事？

不过，你也有问题。你的问题就是太弱势了。

那么下次，请你强势一点。领导再让你替班、调岗，你可以盯着他的眼睛，说："不好意思，领导，我家里有事。"他问你什么事，你就说："不方便说。"

我不知道你的工作环境如何。不过叫"领导"而不叫"老板"，家庭妇女想来就来想走就走，欺负年龄小的姑娘这种状况来说，可能是个事业单位。在这种没有规则的工作状况下，你能做的不是依照合同中的工作职责，而是变成个更贱的人，对付贱人。

乖,别哭了。你要记住,你的身体,你自己的感受,你的生活,关心你的爷爷奶奶,这些比傻子老板和事儿一大堆的中年妇女,重要得多。

谋大人

来信 60

金字塔尖的就那么几个人，我还要不要坚持？

两位：

很喜欢你们的公号。我是表演系的一名研究生，目前正处于一个纠结的人生状态。

学表演，你们都知道的，有点尴尬。

你们看到的大多数的明星都是我们这一类艺术院校的"金字塔尖"的人。我们表演系一个班，二十多个人，除去成了国际巨星、接广告接代言的"金字塔尖"的人，其余的，都垫底了。

尤其对我，我还考了表演系的研究生。我现在快毕业了，不知道将来是否还要从事表演这个行业。

我的大多数本科的同学都去了演出公司、经纪公司，做一些根本与表演无关的事儿，我觉得其实挺没劲的。

好迷茫，我是不是也该转行呢？

Jacky

谋大人回信

Jacky：

你好。你的"edu.cn"的邮箱出卖了你，你原来来自于顶级艺术类院校北京电影学院。

你对"金字塔尖"的考量不是没有道理，但是我觉得不用太担心。

任何一个行业都有这个"金字塔尖"，也都有垫底的金字塔砖。除了努力地奔向金字塔尖之外，我们还要认清一个事实：是不是能够到达金字塔尖，也取决于运气、天分、环境等大多数因素。

站在金字塔尖的明星，你觉得他们什么是尖儿呢？知名度？收入？代言？上封面的次数？

所以，表演行业的金字塔尖之所以是塔尖，是因为看到了他们的位置、外在或者是某种形态的制高点。

但是，这并不是一个职业、一份工作中唯一值得认可的地方。

为什么？

我已经讲了很多遍了，因为塔尖不塔尖，是存在别人的眼光中的。

但是，在职业生涯中，能真正让自己幸福和开心的，取决于自己对自己的判断。也就是说，不要活在别人对成功的定义里，不要活在别人的价值观中。

所以，问问你自己的内心，你热爱表演事业吗？你为什么热爱？是因为它有可能让你功成名就、赚大钱、赚代言，还是在表演中，你能找到激情迸发的那一种快感？

如果是前者，那的确，你应该赶紧收手，去学经济，去炒股票，这些让你成为塔尖的概率要比学表演艺术大一些。

如果是后者，那么，问问你的内心，而不要把目光盯着金字塔尖，你知道自己应该怎么做。

推荐你一本书，毛姆的《月亮与六便士》。

希望你从中能看到人们追求艺术的本质是什么——显然不是所谓的金字塔尖。

谋大人

--- amor27 回信 ---

亲爱的 Jacky：

我的合伙人谋大人，护照上有个美国签证，就以为自己去过了全世界，事实上他在去美国之前，去过最远的地方就是奶子房，工作成天不上心，总要我帮他擦屁股，发个视频，搞得贱嘴粉丝数量三年多以来首次出现负增长。

所以，我在这里也要说出这一句喜闻乐见的话：别听谋大人瞎扯淡了。

"塔尖不塔尖，是存在别人的眼光中的。"谋大人一边给你灌着这样廉价而又虚伪的鸡汤，一边时刻担心着自己是否还在金字塔尖上。

我觉得，以成为金字塔尖为出发点，一点错也没有。如果一开始，连攀登塔尖的志向都没有，一路走下来，也不会走得很远。

但确定了这个目标，亲爱的Jacky，你还需要清楚地看到和知道，追寻梦想没有捷径可言。

你只看到那些金字塔尖的人成为国际巨星，接广告、接代言，就觉得羡慕，遥不可及，自己感觉到迷茫。

但是你有没有想过，为什么那么一小撮人可以成为金字塔尖，实现自己的梦想？背后，他们付出过多少，努力过多少？

也许你羡慕他们的成就，羡慕那些成功的角色，羡慕他们已攀登到金字塔尖。但你也许并不知道，他们在通往梦想和成功的道路上，走过多远，付出多少努力。

世界上所有的梦想，无论平凡或伟大，都有一段必经的历程，必然要饱受时间的考验，历经内心的沉淀。

祝你一路攀登至金字塔尖，不放弃。

amor27

来信 61

表面一团和气的同事，
其实背地里暗自较量

两位：

前一段时间我升了高级经理，恭喜下我吧。

另外一个高级经理，称他为 S 吧。我和他之间发生了很多事情，我来细说一下。

因为我们都归同一个总监管，所以平时要密切合作。我负责做活动，他负责媒体关系。去年有几个大活动我们都配合得还不错，但是我心里知道其实那只是表面上看起来"配合不错"而已。

S 是英国留学回来的，我知道他背地里特别看不上我，跟我较着劲儿。有一次在公司茶水间，我还没进去，就听见他对他的一个下属说"就是一个卖广告的，能有什么想法"，呵呵，我立即就知道是在说我了，因为我是从公司的销售部门调配到市场部来的。结果下午总监开会的时候，他又说如果我有什么想法，他都愿意配合什么的。我心里真是翻了个大白眼。

　　说实话我心里也挺讨厌他的。他每天想的创意都是腾云驾雾，一点都不实际，还以为自己是在英国读传播呢。

　　但是工作又不允许我和他撕破脸皮，表面上还是要和他一团和气。我每天都快被自己这种变脸给累死了。我不喜欢他，我干吗还要对他那么好？前几天我去日本玩，回来时带了几盒白色恋人给同事吃，他一点都不客气地拿了半盒走，我也真是……

　　我和S这种表面一团和气的同事，背地里互相看不上，暗自较量的，还不如谋大人和amor你们这样就直接开撕呢。是不是？累死老子了。

G

谋大人回信

G：

　　你搞错了一个问题。

　　我和amor27一言不合就可以撕，前提是我和他不仅仅是老板和员工、主人和仆人，更重要的是，我和他是好朋友。

　　我们彼此都知道，反正撕完了，他也要求着我，滚回来蹭着我的公号捞钱。

但是你和 S 就不一样了。你既然不喜欢他,那么,你和他仅仅就是同事关系而已。

如果是普通的同事关系,在他没得罪你、没有冒犯你的前提条件下,如果仅仅因为不喜欢他,就想和他"开撕",实际上是你蠢。

因为你们毕竟还是同事,还要一起工作,你也不希望自己工作的时候处于一个天人交战的状态中吧。

表面一团和气的同事,背地里互相看不上,就互相看不上呗。反正表面能一团和气,好好工作就行了。

谋大人

---

amor27 回信

亲爱的 G:

再次强调,我的合伙人谋大人,护照上有个美国签证,就以为自己去过了全世界,事实上他在去美国之前,去过最远的地方就是奶子房,工作成天不上心,总要我帮他擦屁股,发个视频,搞得贱嘴粉丝数量三年多以来首次出现负增长。

所以,我在这里也要说出这一句喜闻乐见的话:别听谋大人瞎扯淡了。

其实这种背地里暗自较量的状态是一种非常好的状态，并不代表就真的随时要"开撕"。

有时候，这是一种男性之间友谊的另类体现。

比如我和谋大人可以天天撕而不散伙，其实我们背地里也暗暗较着劲儿。

比如他要发视频，那我就来唱首歌。至少，我唱歌不会掉粉啊。

谋大人自知在颜值上差我千万里，但内心深处，我也觉得谋大人有时候写出来的东西蛮好笑的。

所以谋大人总是试图用才华填补他自己的颜值空缺，然后我又不甘在文字上输了阵仗，如此良性循环下来，才诞生了贱嘴。

所以，G，好好利用这种暗自较量的劲头，没准儿可以转化成为在工作上共同进步的动力。

目前你和同事背地里暗自较量的状态并不是一件坏事，善加利用，是可以促进工作的。

amor27

来信 62

创业公司辛苦一年不发钱，我被坑了？

亲爱的贱嘴：

你们好。我今天很伤心，坐在工位上就哭起来了。事情是这样的，一年前一个前同事介绍我去一个创业公司就职，恰好当时我想跳槽，衡量之后我就去了，从一个大公司跳槽去了这个创业公司。

接下来的工作很辛苦，和一开始预想的也不太一样，而且创业公司有很多方面都不完善，每次项目密集期都是每天加班，一个人当好几个人用。但我知道，创业公司很不容易，而且我也比较信任我的老板，所以也并没有抱怨什么。

前段时间我在这个公司工作满一年了，当初老板保证满一年发给我的一笔钱迟迟没给，追着问了一下，得到的答复是平时的福利、奖金都包含在这笔钱里，拼拼凑凑已经算是发给我了，所以不再另发。这让我非常生气，但无奈的是当时签的合同里面对于这笔钱的细节没有写明，所以我只能接受老板的说法。

我觉得特别委屈,这一年里面辛辛苦苦、任劳任怨,结果是这样。虽然这笔钱并不多,但我还是个刚毕业两三年的人,养活自己不容易,这笔钱对我来说很重要。老板的态度最让我寒心,我估计我被忽悠了,而且是哑巴吃黄连。

我想问问贱嘴,我是被坑了吗?我该如何对待这件事呢?谢谢!

一个尻包

谋大人回信

尻包:

别哭了。另外,你也不是尻包,你只是缺乏社会经验。

你现在要做的就是立即辞职。止损懂不懂?你说你是从大公司跳到这个创业公司的,在你的简历上这一份大公司的经历还能给你带来帮助的时候确认你兴趣和爱好,找一个好公司,明晰职责。下一次,记住,福利、假期、薪水之类跟自己切身利益相关的,白纸黑字,在合同上都写清楚,不要碍于面子不谈。

而对于你的老板,既然他这么耍心机地对你,你也不用觉得辞职会亏欠他什么。

职场上，三件事情分明白：理想是理想，利益是利益，人情是人情。不要搅和在一起。

对于毕业不久的年轻人，我总是有一个忠告：不要去小公司或者创业公司。

很多人觉得，去大公司固然好，但是一个萝卜一个坑，你只能接触到自己行业的这一个方面，不能接触商业的全景；去创业公司或者小公司，一个人当几个人用，各个方面都能练到、能接触。

这是一个伪命题。

首先，职场中，相比于万金油，仍然是某个行业的金字塔尖更获青睐。不管是销售、公关、市场、技术，都需要精专的人才。去小公司每个领域都做，只会让你对每个领域都了解一点，却每个领域都不精。比如说，我在的领域，很多杂志活不下去，会让编辑背任务，去卖广告、拉销售，我觉得这是纯傻子的自毁行为。

其次，大公司的好处还在于，有一套完整的晋升机制、培训机制。

厌包，像你的状况，毕业之后没几年时间就往小公司跳，这是非常不明智的。止损，继续回大公司锻炼，几年后再做决定，你会发现，那时候你得到的回报会比现在更多。

最后我想说的就是，不要坐在工位上哭！

谋大人

amor27 回信

亲爱的尻包：

我的合伙人，"一成不变"写成"一尘不变"，嘲笑我没有美国签证时"visa"打成"bus"，注定事业上也没有什么大的出息，最大的成就就是蹭着我的公号捞黑钱，遇到职场问题，能给出的回答就是辞职。

所以我要说出那句大家喜闻乐见的话：别听谋大人瞎扯淡了。

在你的来信中，你只是描述了你如何辛苦以及老板如何让你感到寒心。但是你并没说，在这份工作中，你是否得到了成长，是否得到了学习，是否发挥了自身的价值。

而这些才是考量一份工作最重要的标准。

当然，我能够体会到，对于刚毕业两三年的年轻人来说，一笔期待之中又不翼而飞的钱的重要程度。但如果仅仅因为这一点就辞职，那你的格局未免小了一点，今后的发展也很难让人看好。

止损理论常常被我们误用，成为我们贪图眼前利益而忽略全局发展的借口。相信我，一时的止损也许会带来更长久、更大的损失。

而谋大人"不要去小公司或者创业公司"的观点就更是谬论了。

大公司固然有大公司的健全和完善，但小公司和创业公司并不是管理混乱的代名词。

只是每个人所适合的不同。有些人适合在大公司按部就班的健全制度中发展，有些人适合去创业公司的乱世之中闯荡。

关键还是那句话，不要以眼前的一时利益为重，而是要看你自己在这家公司是否有所发挥，有所发展。

虽然谋大人通篇回信都是瞎扯淡，但难能可贵，最后一句话倒是说对了。那就是，任何情况下都不要坐在工位上哭。

想要成为一名称职的、成熟的、复杂的职场精英，一大原则就是尽量避免在工作场合流露出你的负面情绪。

因为情绪太过外露，势必会影响到其他同事和团队的士气。相信我，没有一个老板会喜欢自己的员工坐在工位上哭。

在我曾经工作过的时尚杂志有这样一个女编辑，有一丁点负面情绪，都会迫不及待地在办公室表现出来。

跟领导吵架了，哭。选题被毙了，哭。和男朋友闹矛盾了，哭。

刚开始，还有人试图去安慰她。时间久了，大家都习以为常，她的工位成了一个情绪黑洞，大家都避之不及。

后来杂志业不景气，开始裁员，她是第一个走人的。

亲爱的灰包，在你未来漫长的职业生涯中，相信我，你会发现，辛苦一年的钱拿不到只是一个太小的挫折了。而即便遇到再大的挫折，再多的困难，请你记住，工位是让你工作的，而不是用来哭泣的。

amor27

来信 63

将来充满未知，
我该不该辞职？

亲爱的 amor 和谋酱：

  三年前毕业后，我开始在一家公司当技术职员，头一年对工作充满了热情，总想着精益求精，做好各种工作。不同于大家普通印象里的技术程序员经常加班，我所在的公司相对比较人性，不打卡，工作对我来说也比较轻松。按理说，我应该感到很满意，可不知道为什么渐渐地对自己做的事情失去了兴趣。所做的事情就像是流水线的工作一样，重复又重复，而且我也不知道做出来的意义是什么。

  去年我曾提过转岗，但因为在新岗位上能力不够被拒。其实提出的时候我想如果被拒了就干脆换一家公司吧，没想到结果我们的大 leader 将我提为所在小组的小 leader，我想也好，试试做管理吧。可惜这差不多一年来，我觉得做管理这种事情还是不适合自己，说得耿直一点，我只想自己一个人玩，不喜欢跟别人打交道。又要跟下属交朋友，又要当他们的管理者，这种事情虽然能做，但是真的很难做好。要跟大家打成一片，对只会玩技术的我实在太麻烦了。

加上行业里跳槽什么的都很普遍，跟我同一年来的同事们、朋友们也走得差不多了，看着大家都有了更好的发展，我好烦恼。如果自己不做点什么改变，难道就这样日复一日地过下去吗？我真的想马上辞掉工作，可是未来却充满未知，舍弃掉现在的惬意值得吗？

晚上要是想到这些事就睡不着的职场小弟

---
amor27 回信

亲爱的职场小弟：

如果贱嘴是一个鸡汤泛滥的普通公号，那我大可以轻描淡写地、惯例套路地跟你讲：虽然未来充满未知，但你一定要勇敢跳出你的舒适区，大胆面对挑战，创造全新的局面，这样的你，才是最棒的哦。

如此这般，实在是省事至极。

可是，当我仔细读完你的来信以后，发现情况完全不是那么一回事儿。你对于现状的不满，并不是因为得不到合适的发展，现实对你造成桎梏，而是因为你能力的不足导致现状并不是你所期望的局面。

在你的来信中，你自己承认，想换组，能力不够，当小组 leader 又没有管理能力。这样的你，无论在这一家公司，还是下一家公司，其实都不会有太大的本质上的区别。

老实说，工作三年，无论从工作能力上，还是人脉积累上来说，都还没有裸辞的资本。对于现在的你来说，更重要的是，在现有的工作岗位和公司积累更多的资本，变成更好的自己。

否则你看，谋大人也是在"山西女子煤矿报"含辛茹苦干了十年以后，才鼓足勇气裸辞，去美国步凤姐的后尘，在华盛顿的美甲店打工的啊。

在职场上，有野心，不满足现状，固然是好的，但前提是，你必须要有足够的底气和资本。

而在做到那以前，还是认清自己的能力和定位更为重要。在这方面，谋大人做得很好。

亲爱的小弟，其实我看得出，你对于自己已经有所认识，找到定位，那就是不适合做管理者，潜心技术就好。那就沿着这条路走下去就好了啊！多点耐心，不要因为身边的人频繁跳槽而动摇，做好你自己的工作，再多点积累。

总有一天，你可以找到自己的出头天。祝你好运。

其实也才刚毕业三年的 amor27

谋大人回信

小弟：

我们在做一件事情的时候，过程往往只是一个片面的表象，更重要的事情是弄清楚自己的目的是什么。

就像自嘲一定是为了更狠地羞辱死胖子一样，你要辞职，也要弄清楚目的是什么。是为了逃离目前尴尬的状况？还是更好的诱惑在等着你？

我的合伙人护照上没几个签证，品位、品味分不清楚，我只能说出喜闻乐见的这句话：别听他瞎扯淡了。在他的回信里，既没告诉你什么叫"足够的资本和底气"，你在哪里能力不足，如何提高，也没有告诉你怎么做职业规划。那么我来跟你具体说一下。

首先，工作的瓶颈期每个人都会遇到，你的焦虑很正常。

毕业三到五年都会出现这种状况。学会把压力转化成动力，至少要会化解。如果出现"每天晚上因为想这些事都睡不着觉"的情况，那就是一个非常不好的信号。

然后，最关键的是，弄清楚一份职业、一份工作对你来说意味着什么。

态度要实际，但不需要过度谦虚。如果你对自己都没信心，别人更不可能对你有信心。清楚自己的目标，准备好采取必要的行动，以达到目标。

在这里，我想强调一下，对于职场这件事情，大多数人都太依赖于"感觉"。但是实际上，现代职场，小到培训、创意，大到求职、职业规划，都有一套完整的方法论可循。想不明白的时候多看点书，有些人可能对读这一类的书嗤之以鼻，但是我仍然推荐读一些久经考验的经典书籍，这会让你少走很多弯路。

再次，在职场上，三个技能能够给你带来更多的附加值：外语能力、表达和沟通能力、逻辑感。请好好练习。

最后，我想说的是，刚刚毕业这几年，要有自己的兴趣和爱好，要有自己的生活。多读书，多思考，这总能让你对职场、对生活充满一种自信的态度。

谋大人

来信 64

公司新来的漂亮小姑娘，我就是莫名地讨厌她

两位：

本人三十二岁，是德国一家材料公司的市场部经理。因为公司性质的缘故，女生比较少，公司上上下下，四十岁以内的女性就四个，其他都是行政、财务的大妈。

虽然我颜值没有那么高，但是比起普通人，觉得自己还是很有优势的（我大学就是舞蹈队和辩论队的），在公司里还是挺受欢迎的。我能明显感觉有同事对我有那方面的好感，但是因为鄙人有男朋友，所以也未有什么状况发生。

最近校园招聘刚结束，一个清华硕士毕业的小姑娘被招到公关部了。这个小姑娘长得水灵灵的，说话有点嗲嗲的。

说实话，她刚来的那时候过来跟人打招呼，我就感觉有点不舒服。公关部和市场部都在一层办公，她的座位离我的也不远。我和她工作上基本没有什么交集，但我就是有点不舒服。

她对我倒是还不错，每次见到我都"Wendy姐，Wendy姐"地叫，我也就点个头。后来让我更不舒服的状况是，很多男同事到我们这边都会说："哎哟，你们六层又来了个大美女啊？Wendy可不是一枝独秀了啊"。这话我越听越不舒服。

我一直在想我自己是不是太小心眼了。我并不觉得她比我漂亮许多，而且我也是上海交大毕业的（材料工程根本不比清华的差好吗）。

就是想倾诉倾诉，也许你们有一些建议呢。

不是温迪

谋大人回信

不是温迪：

刚开始我们本来想舍弃你这封来信了，因为我们回答过《来信 | 表面一团和气的同事，其实背地里暗自较量》，后来我发现，你的状况和这一封来信还有一点不一样。

虽然你和这个清华女没有任何交集，但是你们颜值、学历等硬件上极其相似，所以造成了你对她有一种莫名的敌意。

我敢说，她一个和你条件相当的小姑娘，你也没有什么好妒忌的，在你的潜意识里，她虽然并没有和你有过招，但是她和你平分秋色的背景让你有了一种这样的错觉：所谓"steal the thunder"，就是感觉你的光芒被掩盖了。

想来你也是个求强求胜的女孩，在充满直男气息的上海交大材料系，你作为女性的thunder被无限放大，成为你骄傲的资本之一，然后又延续到了这个只有阿姨的材料公司。

但是世界就是这样，你要接受一个事实：并不是所有的thunder都在你身上。

对于一直被光芒环绕的人来说，接受这件事情是一个漫长又艰难的过程。有几点经验我可以分享给你：比如关注自己当下的感受，而不是别人对你的评价；比如，除了工作之外，培养一定的兴趣和爱好；时刻提醒自己，放下傲慢，多留心他人的闪光之处。

但是，我觉得，最重要的还是需要有一颗包容的心，去接受他人。

说不定你和她能成为很好的朋友呢。

谋大人

---
amor27 回信

亲爱的 Wendy：

从动物世界到人类社会，两个同样性别、类似条件、相近背景之间的竞争和比较，是一定存在的。

所以你这种心理正不正常？非常正常，也不能说不健康。但是，并没有必要。

就像谋大人说的那样，要接受一个事实，并不是全世界的光芒都要在你一个人身上。

比如像在贱嘴里面，我和谋大人之间，粉丝也必然会有所比较。他负责逻辑和理性，我就负责颜值和感性，有人喜欢这个，必然有人喜欢那个。

可是我和谋大人之间，会出现像你这样不愉快甚至讨厌对方的小情绪吗？

显然不会，背地里我们忙着一边乐一边数钱还来不及呢。

这才是两个成熟、机智的成年人面对竞争和比对应该有的态度。

不是小心眼地将竞争转化成负面情绪，而是合理地利用这种竞争来制造话题，实现双赢的目的。

两个强者之间，除了竞争，还可以有良好的协作，为了一个共同的目标努力。比如你在市场部，她在公关部，完全可以联手做一些事情，让公司获益啊。

amor27

图书在版编目（CIP）数据

日常烦恼的答案 / 谋大人，amor27著. —北京：北京联合出版公司，2017.2（2017.3重印）

ISBN 978-7-5502-9259-8

Ⅰ.①日⋯ Ⅱ.①谋⋯ ②a⋯ Ⅲ.①书信集－中国－当代 Ⅳ.①I267.5

中国版本图书馆CIP数据核字（2016）第277591号

日常烦恼的答案

著　　者：谋大人　amor27
责任编辑：喻　静
产品经理：夏　至
特约编辑：程彦卿

北京联合出版公司出版
（北京市西城区德外大街83号楼9层　100088）
北京联合天畅发行公司发行
北京旭丰源印刷技术有限公司印刷　新华书店经销
字数：210千字　787mm×1092mm　1/32　印张：11
2017年2月第1版　2017年3月第2次印刷
ISBN 978-7-5502-9259-8
定价：48.00元

未经许可，不得以任何方式复制或抄袭本书部分或全部内容
版权所有，侵权必究
如发现图书质量问题，可联系调换。质量投诉电话：010-68210805

出 品 人：唐学雷

出版监制：辛海峰　陈 江

产品经理：夏　至

责任编辑：喻　静

特约编辑：程彦卿

营销支持：王筱雅　梁 爽　绾 绾

责任印制：赵　明

内文插画：孙　博

封面设计：*silenTide*

微信公众号:biatchandgoodstuff
(贱嘴和好东西)

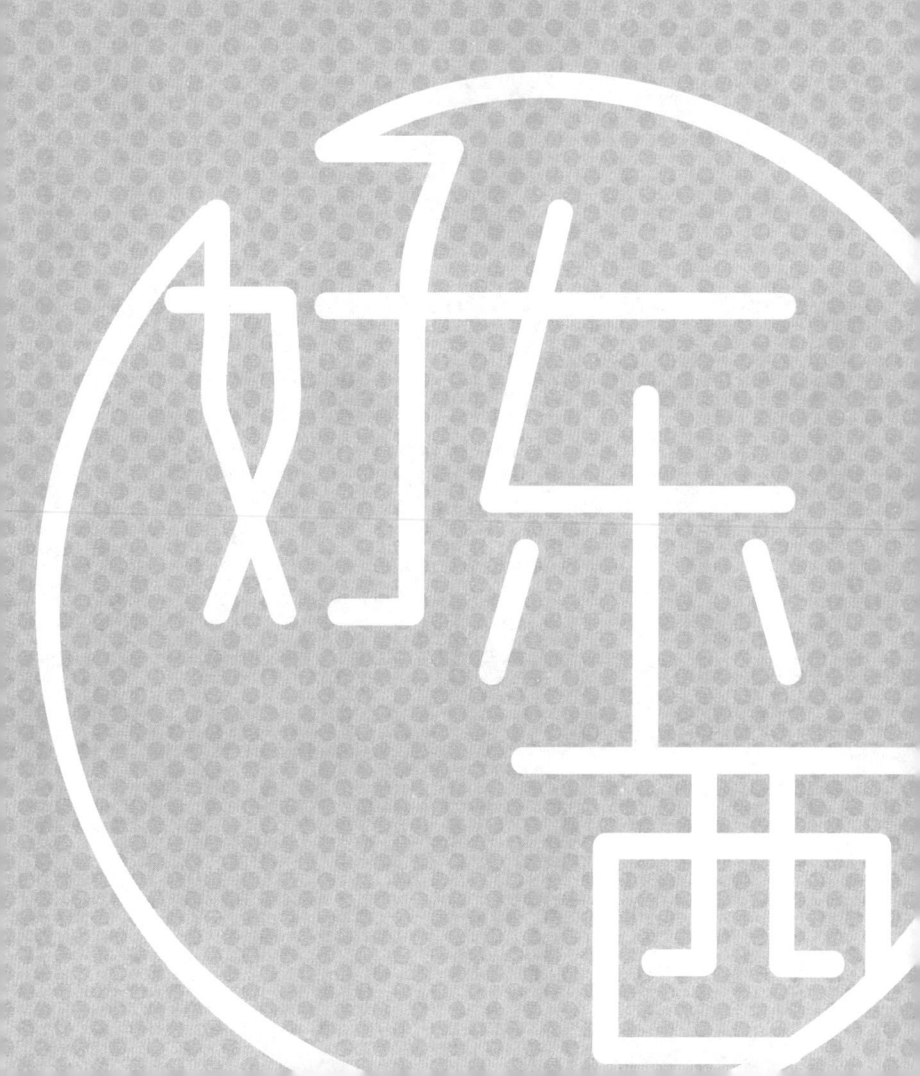

amor27

太阳双子座，月亮处女座，上升天秤座。

反复无常，很纠结，时而腹黑，时而悲观，
时而又什么都无所谓。但无论如何都希望做自己。

曾经做过很多年的媒体人，但是讨厌"资深"两个字。做过
喉舌媒体，也做过"宇宙第一大刊"。
所以聊聊热点，说说时尚，讲讲八卦，我是首选。

但是如果聊到人生，说到感情以及两性，
不要指望我会为你熬上鸡汤。

我只会很残忍地，果断、直接地，为你泼上冷水，
在伤口上撒一把盐。

告诉你，
这个世界真实的样子，
其实一点都不好玩。

谋大人

讨厌非理性、没头脑以及不读书。

以前是比左边要资深一百倍的媒体人。
是的,左边的喉舌和"宇宙第一大刊"根本没法比(摊手)。

之后又轻轻松松地找了份在华盛顿的国会山的工作。
再之后又成了联合国的一个超级酷的项目的中国代言人。

每年联合国召开大会的时候,飞到纽约、华盛顿,工作两周。

但是现在,窝在北京鸟不拉屎的创业园里,
和程序员们一起做着,
改变世界的梦想。

所以,
关于这个世界、励志故事、狗血八卦、生猛鲜料、心灵鸡汤,
不问我问谁啊。

这里是现实版的解忧杂货铺,
职场、友谊、亲情、两性、同性,
只有你想不到的问题,
没有回信答不出的疑惑。

**你有什么日常烦恼吗?
打开这本书,翻到任何一页,
就有你想知道的答案。**